聖女じゃないと追放されたので、
もふもふ従者（聖獣）と
おにぎりを握る
seijyo jyanaito tsuiho saretanode
mohumohu jyusya (seijyu) to
ONIGIRI wo nigiru
②
Author 夕日
Illustrator くろでこ
JN247820

ランフォス
謎の旅人
（わりとチャラめ）
「わ、悪いこと？」
「ニーナちゃん。待ってる間暇だし、
二人で悪いことしちゃおうか」
仁菜
ブラック企業の
社畜OL

キール
なんでもできちゃう
仁菜の聖獣

seijyo jyanaito tsuiho saretanode
mohumohu jyusya(seijyu) to
ONIGIRI wo nigiru
ジェミー
腹に一物ありそうな
アルマ国の王子
シラユキ
心愛の聖獣
心愛
仁菜の隣に住む
リア充美少女

seijyo jyanaito tsuiho saretanode
聖女じゃないと追放されたので、
もふもふ従者（聖獣）と
mohumohu jyusya (seijyu) to
ONIGIRI wo nigiru
おにぎりを握る
②
Author 夕日
Illustrator くろでこ

追放聖女のスペシャルコース！

Special course

seijyo jyanaito tsuiho saretanode
mohumohu jyusya(seijyu) to
ONIGIRI wo nigiru

オードブル ▲ 旅人風焼きマシュマロ

キールが白い髪の男の子を木立ちの奥へと引っ張って行くのを、私とランフォスさんは呆然としながら見送った。

二人の背中はどんどん小さくなり、闇の中へと消えてしまう。

「……なんだったんだろう」

「なんだったんだろうねぇ？」

顔を見合わせ首を傾げる。だけどこうしていても……その答えはわからない。

目の前のご飯を二人だけでは食べる気にならず、私とランフォスさんはキールの帰りを待つことにした。

『――お前は』

とキールはあの子に言った。ふつうなら知り合いと考えるところだけれど……この世界に生まれたばかりのキールに、『知り合い』がいるのってあり得るのだろうか。

彼とはたまに別行動をとるけれど、誰かと知り合う時間まではないように思えるし……。

「ニーナちゃん。待ってる間暇だし、二人で悪いことしちゃおうか」

うんうんと唸っている私に、ランフォスさんが悪戯っぽい表情で声をかけてくる。

「わ、悪いこと？」

「甘くて、美味しくて、楽しいこと。キールさんに内緒でしちゃおう」

「なっ！　なんですかそれっ！」

蕩けるような声音で言われて、声が思わず上ずり引きつる。

ま、まさか破廉恥なこと⁉　そんなの困る！

ランフォスさんのことはチャラい人だとは思っているけれど、そういうことはしないと信用していたのに……！

「ふふ。ニーナちゃんもたぶん喜ぶことだよ」

ランフォスさんは端整な美貌に色香のある笑みを浮かべてから……自分の鞄に手を突っ込んだ。

そして彼が取り出したのは——。

「……マシュマロ？」

「せいかーい！」

そう。ランフォスさんの手には白いマシュマロが詰まった瓶《びん》が握られていたのだ。

それを見て、私は拍子抜けしてしまった。

「……そんなの、いつ手に入れたんですか」

「いくつか前に立ち寄った街で、何瓶か買ったんだよね。旅の途中で子供や女の子に分けてぜんぶなくなったと思ってたんだけど、一瓶だけ鞄の底に残ってたんだよねぇ」

ふにゃりと肩の力が抜ける。なんだか紛らわしい勘違いをしてしまって恥ずかしい。

いや……ランフォスさんの言い方がそもそも紛らわしすぎるのだ！　たぶん意図的にさっきの言葉を選んだでしょう！

睨むと彼は楽しそうな笑い声を立てる。これ、絶対に意図的だ……！

「ニーナちゃん、そんなに怖い顔をしないでよ。ほら、これをさ……」

ランフォスさんは手近な枝を手に取ると、それにマシュマロを刺す。

そして手近にあった石を火魔法で熱するように指示した後に、マシュマロをその上に載せた。

「うわ、焼きマシュマロだ！　これはたしかに悪いことですね」

お洒落キャンプの定番メニュー！　陽キャのための食べ物！

私はそんな偏見を焼きマシュマロに持っている。

ランフォスさんに、ものすごくよく似合うなぁ……。

「でしょうでしょう。しかもご飯の途中だしね。なんだかすごくワルな感じがするよね」

私もランフォスさんの真似をして、マシュマロを枝に刺してから石の上に置く。

そして両面が焼けるようにくるくると回しているうちに、空気中に甘い香りが漂った。

「ふ、ふわぁ。いい匂い……！」

「ニーナちゃん、それもう焼けてる」

「あ、食べないと！」

大口を開けて両面がこんがりと焼けたマシュマロを頬張ると、香ばしい香りとマシュマロの甘さ、そしてとろりと蕩ける食感が伝わってきた。そして舌を焼くような熱さも。

「はふ、はふ」

「あっつ！　火傷しないように気をつけないとね」

二人ではふはふ、ふーふーとしながら無心にマシュマロを食べる。

これはたまらない……！　開放的な屋外で食べるのが、またいいんだろうなぁ。

「はぁ……美味しい」

「うん、美味しいね。……それにしても、キールさん遅いなぁ」

「遅いですね」

『彼』との話が長引いているのだろうか。キールはまだ戻る気配がない。

「じゃ、もうちょっと悪いことをしちゃおうか」

にやりと笑うランフォスさんは、人を誤った道へ誘う美しい悪魔のようだ。

「し、しちゃいましょう！」

私はその悪魔の誘惑に簡単に負け……勢いよく頷いていた。

「キールさんってパンは持ってるかな？」

「……持ってたような気がしますね」

問いに少し考えてからそう答える。たしかキールは、ハードタイプのパンを持っていたはず……残りはまだあったかな。

キールのマジックバッグに手を入れて『パン、パン』と脳内で念じる。そして手を引き抜くと、手には元から半分くらいのサイズになったパンが握られていた。

……勝手に食べたら怒られるかな。いや、キールは怒らない気がするな。

「ありました！　これをどうするんです？」

「チーズとマシュマロって、結構合うんだよね」

そう言いながらランフォスさんはパンを切ってその上にマシュマロを並べ、さらに上からチーズを薄く切って重ねた。

それを二つ作ってから、熱した石の上に載せる。

「甘いマシュマロと、しょっぱいチーズの組み合わせがたまらないんだよね」

「……甘いとしょっぱいの組み合わせがたまらないのは、よくわかります」

ポテトチップスとチョコを延々と交互に食べてしまったり……というのは誰しも身に覚えがあることだと思う。甘いとしょっぱいは、どうしてあんなに合うんだろうなぁ。

「ちょっと上からも焼いてもらってもいい？　火力を弱めにとかできるかな」

「や、やってみます」

パンの上に手をかざして、できるだけ弱めにと指輪に念じる。すると淡い熱が手のひらから発せられた。

……こんな人間オーブントースターみたいなことができるなんて、面白いなぁ。

上と下から熱せられて、パンがじわじわと焼けていく。

甘い香りとチーズの香りが交わりながら漂い、嗅覚に『あまじょっぱい』が待っているよと伝えてきた。

「そろそろいいかな。はい、ニーナちゃん。熱いから気をつけてね？」

小皿に載せたパンを手渡され、私は目を輝かせた。

すごい……パンの上にとろとろに溶けたマシュマロと、良い具合に焦げ目のついたチーズのハーモニーが広がっている。

「では、いただきます！」

ふーふーと息をかけて少し冷ましてから、端っこからパンに齧《かじ》りつく。

チーズが伸びてパンから溢れそうになるのを慌てて指で掬い、お行儀悪く口にするのはこの手の食べ物の醍醐味だ。

「んー！」

口の中で甘さとしょっぱさが融合し、一つになって満足感を醸し出す。これは、ホットコーヒーと一緒にいただきたいお味だなぁ。

この小さいけれど幸せが詰まったパンを、私はあっという間に食べてしまった。

「美味しい……今度キールに作ってあげよう！」

「ふふ、きっと喜ぶだろうねぇ。もう一つ食べる？」

「た、食べます！」

ランフォスさんと悪事を重ねながら、会話を和やかにしつつ、キールたちが消えた方向に目をやるけれど……。

そこには相変わらず闇が広がっているだけである。

キール、早く戻ってこないかなぁ……。

1皿目　もう一人の聖獣（キール視点）

「――で。なにをしに来たんです」

白い尻尾と耳を下げてしゅんとしている少年に、僕は自然と鋭くなる声を向けた。

彼とは当然初対面だが、匂いで何者なのかはわかってしまう。こいつはニーナ様と一緒に召喚された女の『聖獣』だ。

「……貴方の気配を感じたので、助けて欲しくて」

今にも消え入りそうな儚《はかな》げな雰囲気の少年は、白い耳をさらにぺたりと寝かせながら涙含みの声でそう言った。

少年をじっと見つめる。彼の体はゆらりと揺らぎ、今にも人の姿を保てなくなりそうだ。

聖獣は通常ならばなんの苦もなく人間の姿を保てる。しかしそれは『聖女』の力が安定している場合……の話だ。聖女の力が弱まっていると、聖獣は獣の姿しか取れなくなるのだ。

彼の場合は『聖女の力が弱まっている』のではなく、『聖女の力が弱いから』形が不安定なのだろうが。

その程度の力で聖女を気取っているなんて、と、つい鼻で笑いそうになってしまうな。

この場所は聖女の巡礼ルートからは外れているはずだ。

こいつは僕の存在を感じて、ここに転移魔法で来たのか？　あれは相当な魔力を使うから……

下手をすれば、この弱った聖獣の命を奪っていただろうに。それを使ってまで、ここに来るくらいに、切羽詰まった状況だということか。

ちなみに転移魔法は自分自身しか移動させられない。ニーナ様に使えるのなら、とっくの昔に使っている。魔法は一見便利に見えるが、その実制約も多く、それがひどくもどかしい。

「少し、待ってください」

僕は小さく息を吐くと、ニーナ様の下へと戻った。

「キール、あの子は？」

そわそわとした様子のニーナ様が訊ねてくる。それに対して、僕は曖昧な笑みを返した。

ランフォスの視線もこちらに向けられているが、それは綺麗に無視をする。

「まだ話の途中なのでお待ちください。おにぎりを少しもらいますね。皆様は食事を続けてくださいませ」

そう言ってからおにぎりを三つほど皿に載せて、二人の物言いたげな視線を振り払って少年の下へと僕は戻った。

「ひとまず、これを食べてください」

ニーナ様の纏《まと》う神気は偉大だ。これを食べればたちまちに、この聖獣にも神気がみなぎるだろう。数ヶ月はニーナ様の神気で人間体を保てるかもしれないな。

……彼がなんらかの無茶をしなければ、だが。

少年はおずおずとおにぎりを手に取ってから、その瞳を輝かせる。そして飢えた獣のように、それを貪《むさぼ》った。

「名前は？」

「ココア様には『シラユキ』という名をいただきました」

少年がおにぎりを二つ食べ終わった頃合いに声をかけると、そんな言葉が返ってくる。

ニーナ様と一緒に召喚された女は『ココア』という名らしい。

「……すごいですね。体中が神気で溢れています」

おにぎりの残り一つを見つめながら、シラユキがしみじみと言う。彼の姿は安定し、輝かんばかりの神気が体中に満ちている。ニーナ様はやはり偉大だ。

「ニーナ様がお作りになったものですからね」

僕はつい、胸を張り得意げになってしまう。ニーナ様の素晴らしさが誰かに伝わることは、僕にとってとても嬉しいことなのだ。

「すごいのですね、貴方の聖女は」

シラユキはそう言うと、少し複雑そうな表情で微笑んだ。

「当然です、ニーナ様が『本物』なのですから。『残り滓《かす》』の聖女様はお元気ですか？」

「――ッ！　ココア様の悪口を言わないでください！」

「悪口ではなく、事実でしょう。ニーナ様の召喚に巻き込まれただけの女。ニーナ様と同じ女神の加護を、同じ通り道を通ったおかげで、ほんの少しだけ纏うことができた女。それが貴方の聖女でしょう？」

意地悪く言ってやると、シラユキは唇を噛み締めながら僕を睨みつける。そのサファイアの瞳に宿るのは『ココア』とやらへの忠誠と、心の底からの愛情だ。

ニーナ様の存在が僕のすべてであるように、シラユキにとってもココアとやらがすべてなのだろう。

聖女だけを愛し、聖女の命が尽きる時にはともに消える。

聖獣とは、そういう生き物だ。

——あの女が一緒に召喚されてくれたから、僕の生まれる『座標』が狂ってニーナ様が城から追い出されることになったのだろう。そのことに関しては、僕はこいつらに感謝をしなければならない。

そのおかげでニーナ様が『首輪』を着けられ、あんな為政者のために働くことを避けられたのだから。

シラユキは大きな目に涙を溜めたままでうつむいている。

……少し、いじめがすぎただろうか。

僕から見れば偉大なる力の一端をたまたま得た『残り滓』の聖女でも、彼にとっては唯一無二の半身なのだ。

——仕方がない、同じ『聖獣』のよしみだ。話だけでも聞いてやろう。

「それで、助けて欲しいとは？」

僕がそう水を向けると、シラユキの表情はぱっと明るくなった。

「貴方のご指摘の通り……ココア様のお力は非常に弱いものです」

シラユキはココアの『聖女の巡礼の旅』のことを語りはじめた。

ココアは最初に訪れた街に割合長期の滞在をしたのにもかかわらず、浄化が不十分なままで次の街へと出立することになったらしい。

話を聞く限り、彼女の力は歴代の聖女と比べて……『最弱』と言っていいだろう。

そして今は、次の街へと向かっているそうだが――。

「このままですと各地の浄化が不十分なまま、巡礼が進むことになるでしょう。そして、ココア様の力の真贋《しんがん》が疑われるかもしれません」

そう言って、シラユキはサファイアの瞳をこちらに向けた。

ココアが王家と教会の合同査問会にかけられた場合、真贋の判断は歴代聖女の実績と照らし合わせて行われるだろう。実際に力があっても『劣る』と判断されれば、『偽物』の烙印《らくいん》を押されるかもしれない。

ココアが『偽物』だと判断された場合。良くて極寒の地での幽閉、悪くて火炙《あぶ》りだ。どちらにしても、遅いか早いかの差で命はない。

しかし……これはまずいな。

ココアとやらの命のことは、僕にとってはどうでもいい。

ニーナ様のことを案じもせず、城から追い出されるのを見捨てたような女なのだ。同情してやるつもりなんて、僕にはこれっぽっちもない。

問題なのは、ココアが『偽物』だと判断された時に……。

――『本物』の聖女はニーナ様だったのではないか、と僕の聖女に目が向くことだ。

「……囮《おとり》役にもなれないのか、残り滓の聖女は」

僕は大きく舌打ちをする。シラユキはそれを聞いて、びくりと身を竦《すく》めた。

隣国への旅程はほとんど進んでいない。『順調に行けば』二ヶ月で済むはずの旅路は、村での滞在が長引いたこともあり、現状では順調とは言い難いものだ。

状況によっては、さらに日程が長くなることも考えられる。

その間にココアが大ポカをしたら……国を挙げての『本物の聖女様《ニーナ》探し』がはじまるだろう。

それだけは、絶対に避けなければならない。

「ココア様は聖女でいることを望んでいます。わ、私たちの利害は、一致していると思いませんか？　ココア様が聖女の体裁を保てれば、貴方の聖女に国の目は向かないでしょう」

シラユキが震える手を膝の上で握りしめながら僕に言う。

僕は大きく息を吐くと……同意の意味を込めて渋々頷いた。

「ニーナ様にお伺いを立てます。まずはそれからです」

ニーナ様が自分を見捨てた同郷の女の手伝いを拒む可能性もある。その場合は、僕が追っ手をすべて打ち払おう。多少どころではなく目立つ旅にはなってしまうが、それはそれで仕方がない。

またシラユキの首根っこを引っ掴んで、ニーナ様の下へと戻る。

するとニーナ様とランフォスが、話を聞きたげに僕とシラユキに視線をやった。

「お話がございます、ニーナ様。その前に……確認ですが、ランフォスに旅の事情が知れてもいいでしょうか？　嫌なら席を外してもらいますが」

「今さらでしょ、キール。聖女と聖獣だっていうのはもうバレてるんだし」

ニーナ様はそう言うと、僕に頷いてみせた。

そう、ランフォスにはニーナ様が聖女だとバレている。残り滓の聖女のことも、隠してもしょうがないだろう。

僕とシラユキの話を聞き終わったあと。「うーん」と唸りながらニーナ様は腕組みをし、ランフォスは顎に手を当ててなにかを考えているようだった。

「ニーナ様がココアに手を貸すのが嫌でしたら、僕はそれでも構いません。敵はすべて僕が打ち払います。いざとなればランフォスを囮《おとり》に使いましょう」

「相変わらず、俺にはひどいね⁉」

ランフォスが抗議の声を上げるが、知ったことか。

こいつの命はニーナ様に救われたものなのだ。ニーナ様のために有意義に使えれば、むしろありがたいだろうに。

「お隣さんのことは、正直好きじゃないけど……」

ニーナ様はそう言うと、おにぎりを口にした。そして眉間に皺《しわ》を寄せながらゆっくりと咀嚼《そしゃく》してから、ごくんと飲み込む。

そんな彼女を、シラユキは不安げな表情で見守っている。

「私は『聖女様』をやるつもりがないし。これを放置すると、アリサみたいな人たちが困るよね」

お茶を渡すとニーナ様はそれを受け取り、こくりと飲んだあとに「ありがとう」と僕に小さくお礼を言った。

「では、ご助力いただけるのですね！」

シラユキの耳がピンと立ち、小さな尻尾がブンブンと振り回される。ニーナ様はそんなシラユキに、微笑みながら頷いた。

「助けないと寝覚めが悪いことになりそうだもん。旅の安全も確保したいし。要は心愛さんの、足りない神気が補えればいいんでしょう？」

ニーナ様の言葉に、シラユキはこくこくと頷く。

……コイツとニーナ様が話していると、なんだか無性に腹が立つな。

ニーナ様の視線が明らかに、シラユキの耳や尻尾に向いているせいだろうか。ニーナ様、小さめの耳や尻尾がお好みですか？

容姿を自在に変えられないのが――本当に口惜しい。

思わず『ぐるる』と喉から低い唸りを上げると、ニーナ様になだめるように頭を撫でられた。

ニーナ様のお手、気持ちいいです……。

「君が時々、私のおにぎりを心愛さんに配達すれば済む話なんじゃないかな」

「おにぎり？」

シラユキが首を傾げると、ニーナ様はおにぎりが載っている皿を指差した。

2皿目　聖獣たちと語らいの場

「その素晴らしい神気の塊は、おにぎりというのですね」

シラユキ君は神妙な顔でおにぎりを見つめる。それを見て、私は少し笑ってしまった。どこからどう見ても平凡な銀シャリ握りが、まるで奇跡の産物のような扱いだ。

……いや、実際奇跡の産物なんだよな。


キールとシラユキ君から聞いた話を反芻《はんすう》する。

お隣さん——心愛《ここあ》さんは私が召喚される際に、一緒にやって来て、おまけのように力を得たのだろうとキールは言った。聖女としてのその力は、私よりも弱い。

つまり本来なら私だけが召喚されるはずだったのに、彼女は『巻き込まれて』しまったんだよね。

勝手に呼んだのはあの王子だし、あっちが聖女だと早とちりしたのもあの王子だ。彼女が巻き込まれたのは私のせいじゃないから罪悪感はないけれど……いや、ちょっとあるな。だけど、不可抗力ということにして欲しい。

「聖女と聖獣がどうしてこんな旅をしてるのかと思ったけど。そういうことだったんだね。聖女と聖獣が二組召喚されたなんて、過去の記録にはない事例じゃないかな？」

ランフォスさんは興味深そうに、シラユキ君とキールを見比べた。

その視線を受けて、キールはツンと顔を背《そむ》ける。

「……とりあえず、シラユキ君も、ご飯を食べない？」

そう言いながら、私は小皿に池の主のムニエルをよそって彼に渡した。せっかくのムニエルが冷めてしまうので、話の続きはご飯を食べながらしたかったのだ。

「えっと……いいのですか？」

シラユキ君はサファイアの瞳を戸惑いで揺らしながら、私とキールを交互に見る。そしてキールが頷くと「では、ご相伴に与《あずか》ります」と可愛らしく微笑みながら言った。

……キールも絶世の美少年だけれど、この子も可愛いなぁ。

お肌は雪のように白く、癖のない白い髪は彼の動きに合わせてさらさらと流れる。顔立ちは愛らしく整っていて、見ているだけでため息が出そう。
十三、四歳……に見える外見だろうか。彼はキールよりも幼い感じだ。
そしてなんと言っても、柴っぽい三角耳と、丸まった尻尾が可愛い！

「……ニーナ様……」

私を呼ぶキールの視線がなんだかじっとりとしている。それはよそのわんこを触っている飼い主を見る、嫉妬に満ちた犬の視線そのものだ。

手を伸ばすと、キールの頭はすぐに下がった。わしゃわしゃと頭を撫で、ついでにほっぺもぷにぷにと触る。するとキールは気持ち良さそうにそれを享受した。

「キールが一番可愛い！」

よそのわんこに目移りすることがあっても、結局はうちのわんこが一番なんですよ。そんな気持ちを込めて言うと、キールは嬉しそうに笑った。

「……陛下やジェミー王子は、どんなご様子かな？」

ふと、そんなことを口にしたのはランフォスさんだった。彼は貴族だから、王都のことが気になるんだろうか。

「陛下も王子も、お元気です。ですけど……その」

シラユキ君は口ごもったあとに、再び口を開く。

「……彼らからは、ずっと嫌な感じがします」

「……そうか。相変わらずというか……困ったものだね」

ランフォスさんはそう言って肩を竦めると、キールが沸かしたお茶をミルクパンから木のコップに注いだ。


……『相変わらず』？

「ランフォスさんは、王様やあの腹黒っぽい王子と面識があるんですか？」

「まぁ、一応。うちの家は家格だけは高いから、王宮で開かれる舞踏会なんかで会ったことがね」

彼は私の質問に答えながらお茶を啜って、「あちっ」と小さく声を漏らす。

……王宮で開かれる、舞踏会。元いた世界だとシンデレラの物語の中でしか聞かないようなイベントが、本当にあるんだなぁ。

「王子も昔は可愛い子だったんだけど、すっかり父親に毒されちゃってねぇ。まぁ、父親以外にも王宮に毒になるような存在はたくさんいるから。染まってしまうのも仕方ないとは思うんだけどね……」

しみじみとランフォスさんはそう言うけれど、虫を見るような目で私を見下していた彼の『可愛い』時代が、私には想像がつかない。

「可愛い……？」

思わず首を傾げる私に、ランフォスさんが苦笑を向けた。

「ま、そんな話はいいか。ココアちゃんだっけ？　に定期でおにぎりを届けるんだよね。彼女にも話は通すの？」

ランフォスさんに言われて、私は少し考え――。

「絶対に、言わない方がいいですね」

そう、結論を出した。

「心愛さんは、プライドが高そうなので、『貴女は本当は聖女じゃなくて、私が本物の聖女です。

貴女に私の力を貸しますので、どうぞ聖女を続けてください』なんて言ったら……たぶん米の一粒も食べてくれなくなります」

私たちの関係はただのお隣さん同士だ。

もちろん彼女の詳しい内面なんて知るはずがない。そんな私でも『言ってはいけない』と確信を持つくらいに、心愛さんはプライドが高いように思えた。

前の世界で、彼女と遭遇した時のことを思い出す。あの子はいつも……私を見下す目で見ていた。

見下している私に『憐れみ』をかけられたと感じたら、彼女は絶対におにぎりを食べることを拒否するだろう。

それでは『聖女』なんてやりたくない、私も困るのだ。

シラユキ君は、私の言葉を聞いて苦笑いをしている。

ごめんね……彼女の聖獣の前でこんなことを言って。

「じゃあ――二週間に一回くらい――でいいのかな。それくらいの頻度で、おにぎりを取りに来ることってできるのかな？　初回分は、今作っちゃおうか。お皿に残ってるのは、晩ご飯用だし」

そんなに頻繁《ひんぱん》に、取りに来られるのかな。

今ここに現れたということは、彼にはなんらかの移動方法があるのだろうけれど。

「取りに来ます。ありがとうございます！」

シラユキ君はそう言うと、ぺこぺこと何度も頭を下げた。

ご飯を一緒に食べた後、シラユキ君に布に包んだ三合分のおにぎりを渡すと、彼はまた何度も私に頭を下げた。

「ありがとうございます！　この神気の塊があればココア様が救われます」

出会った時の今にも消えそうな様子と比べて、シラユキ君はずいぶん元気になったように見える。儚げな雰囲気はそのままだけれど、白い頬は健康的なピンク色に染まり、声にもちゃんと張りがある。うん、おにぎりすごいな。

「日持ちの工夫はそちらでしてもらってもいい？」

「あっ、それは心配ないかと思います！　この神気の輝きですし、なにもしなくても美味しいまで数週間はもつかと！」

……それは初耳だ。お米って放置してるとすぐにカピカピになるイメージなのに。神気ってすごいんだなぁ。

嬉しそうに布に頬ずりしながらほにゃりと笑うシラユキ君を見ていると、心愛さんのことが大事なんだな……という気持ちがこちらまで伝わってくる。

「シラユキ君も、おにぎりをたくさん食べてね。聖女を支える聖獣は元気でいなくちゃ」

「ありがとうございます、ニーナ様！」

「また一緒に、食事もしようね」

「はい、ぜひお願い致します」

シラユキ君はにっこりと笑って、小さな白い尻尾をぴるぴると振った。

……本当に礼儀正しい、いい子だなぁ。

こんな純真そうな子をあの王子のところに置いておいて、大丈夫なんだろうか。

「……ニーナ様、そろそろ彼は帰しませんと。長時間の聖獣の不在を、あちらに怪しまれるかもしれません」

キールが私の肩にのしりと顎を乗せる。彼の言う内容は正論なのだけれど、口調には少しの焼きもちも含まれているようだ。

なだめすかすように、キールの頭をよしよしと撫でる。すると『もっと』と言うように、手のひらに頭を押しつけられた。……うちのわんこが可愛い。

大きなお耳を掴んでわしわしと揉み込むと、キールはくすぐったそうに笑う。キールのお耳は、ふかふかで気持ちいいなぁ。

「では、そろそろ戻りますね」

シラユキ君はそう言うと、ちょこんと頭を下げた。

「うん、じゃあまた……」

「シラユキ君。万が一だけれど……王宮で変事があったら知らせてくれないかな」

お別れに、口を挟んだのはランフォスさんだった。

「……変事、でございますか？」

シラユキ君はその細い首を傾げる。すると綺麗な白の髪が、ふわりと揺れた。

「俺もアルマ国の貴族の末席だからね。聖女の力で国は潤い平和に終わりました、ならいいんだけど。なにかあった時には、動かなければならないこともあるだろうし」

ランフォスさんはそう言うと、ひょいと肩を竦めた。

……ランフォスさんにも、貴族の責務的なことがいろいろあるんだろうな。詳しく訊こうとは思わないけれど。

「わかりました。不穏な空気を感じたらお知らせします」

シラユキ君はそう言うと、ぺこぺこと数度頭を下げ……ふっとその姿はかき消えた。

「消えた!?」

「転移魔法です、ニーナ様」

驚愕する私の頭をキールが優しく撫でる。す、すごいなぁ。あんなふうに一瞬で移動できるんだ。ここにも転移魔法で来たんだろうな。

「妙な縁ができたね。……『残り滓の聖女』の聖獣か」

ランフォスさんはそうつぶやいて、うんと伸びをする。

「深入りはしちゃいけませんよ、ニーナ様。あくまでおにぎりを時々渡すだけです」

キールが私の前に立って両肩にがしりと手を置く。そして真剣な表情でそう言った。

「うん、もちろんそうする。関わりすぎて『王家』に正体がバレるのは面倒だし。私はこの国の聖女になる気はないもの」

　頷きつつそう返すとキールはほっとした顔をした後に、私をぎゅっと抱きしめた。

温かな体温と優しい花の香り。意外に逞《たくま》しい体の感触。

……それらに包まれて、心臓はドキドキと跳ねてしまう。

「キール、なんで抱きつくのかな！」

「……自分を見捨てた相手に助力するニーナ様はお優しいなと、少し感極まってしまいまして」

キールはそう言うと、私を抱きしめる腕に力を込めた。

「優しくなんかないよ。隣国に行くまでの時間稼ぎは必要でしょ？　打算で手助けするって決めたの！」

　助力しなきゃこの国の人が困るよなぁとか、シラユキ君のことが心配だったりとか、心愛さんのことがすこーーーしだけ心配だったりとか、という気持ちもあるにはあるけれど。心を占めた打算の割合も大きいのだ。

　私はキールが買いかぶってくれているような、優しい『聖女様』ではない。

　ぽんぽんとキールの背中を叩きながら、彼が落ち着くのを私は待った。

「明日になったら、街に着くねぇ」

　そんな私たちの様子を気にするでもないランフォスさんが、ぽつりと独り言をつぶやいた。

4皿目　リーボスの街へ

山から降りて、歩くこと数時間。

街道に着くとぽつぽつと人の姿を見るようになり、自分たち以外の人の姿に私は懐かしさすら感じた。……二週間も山にいたからなぁ。そのまま野生化するかと思った。

旅人や行商人に混じって街道を歩いていると、目の前にぐるりと街を囲んでいるらしい石壁と、それに取りつけられた大きな門が見えてくる。どうやらあれがリーボスの街の入り口らしい。

その堅牢な佇まいに、私の腰は少し引けてしまった。

……なにせ私は『逃亡中』なのだ。現状誰も私を追ってないとはいえ、緊張するものは緊張する。

入り口には警備の兵が数人いて、簡単な身元の聞き取りをしていた。

この世界に『身元』がない私は、ちゃんと街に入れるのかな……。

そんなことを考え眉尻を下げていると『大丈夫だ』と言うように、キールが優しく手を握ってくれた。

「お前たちは？」

私たちはどう見ても高貴な身分には見えない。それもあってか、ぞんざいな口調で髭面の兵士が訊ねてきた。緊張しながら、どう対応したものかと思っていた時――。

「ベアさん、覚えてない？　何度も酒場で飲んだでしょ？」

ランフォスさんが私たちの前に立つと、髭面の兵士にそんな言葉をかけた。ベアと呼ばれた兵士はランフォスさんを見ると、一瞬でその表情をほころばせる。

「ランフォスか！　一年半ぶりか？　忘れかけてたぞ！」

「うわ。ベアさん、耄碌《もうろく》してるね」

「ぬかせ！」

ベアと呼ばれた兵士とランフォスさんは抱き合って再会を喜ぶ。

ランフォスさんは他の兵士とも少なからず面識があるようで、彼らと軽く会話を交わすと私とキールの紹介をはじめた。

「こっちがニーナちゃんで、こっちがキールさん。ニーナちゃんは異国から来た商家の娘さんで、キールさんはその従者。俺はその雇われ護衛ってわけ」

ランフォスさんはすらすらと嘘八百を並べ立てる。

その淀みのなさを見ていると、彼には詐欺師の才能もあるのでは……なんて失礼なことをつい考えてしまう。

「おお、そうかそうか。異国から！　ご苦労だなぁ！」

「機会があったら、俺たちと飲もうや」

「い、いえ……。あ、はい」

私はにこにこしながら寄ってくる兵士たちの熱に押されるように一歩後ろに下がり、愛想笑いをへらりと返す。そんな私をキールがそっと背中に隠した。

「こら、ニーナちゃんは上品な家の娘さんだから。あんたたちとは飲まないよ」

「なんだとランフォス！」

楽しそうな笑い声がその場を支配する。

すごい、ランフォスさんは根っからのコミュ強だ。

「じゃ、またねベアさん」

「おう、またな！」

兵士たちの検問はランフォスさんのおかげでオールスルー。私たちはリーボスの街へと無事に入れたのだった。

「……ランフォスさん、すごいですね」

「ん？　なにが」

「コミュ強っぷりが」

「……コミュキョ？」

ランフォスさんはきょとんとしながら首を傾げる。ちなみに兵士たちとは、三年前に立ち寄った時に酒場で意気投合したそうだ。それからは立ち寄るたびに、一緒に飲んでいるらしい。

「ま、門兵と仲良くしてるとこういう便利なこともあるしね。見慣れない旅人は、本当なら出身地や家の名前くらいは聞き取りされるんだよ。裏づけなんてものはもちろん求められないけれど、後でなにかあった時に虚偽がバレて怪しまれるのもね」

「なるほど……ありがとうございます」

私は素直にお礼を言う。どこからボロが出るかなんてわからないもんね。

処世術に長けているランフォスさんがいると、こういう時に助かるなぁ。

「僕だって、兵士をごまかすくらいできましたよ！　ニーナ様！」

キールがそう言って頬を膨らませる。その可愛らしい様子に頬を緩ませながら、私はキールの頭をわしゃわしゃと撫でた。


リーボスは『王都』をまったく堪能できなかった私が、はじめて体験する街だ。

壁にぐるりと囲まれている街だから、横に建物を増やせないせいなのか。三、四階建てのアパートメントを思わせる建物が多く、それは日本を彷彿とさせる。

この土地には神気の濁りの影響があまり出ていないのか、街は活気に満ちていて……私は内心ホッとした。ここにいることで、私が目立つことはなさそうだ。

「わ、すごい！　屋台がいっぱい出てる！」

街のメインストリートに差し掛かると、そこにはたくさんの屋台が並んでいた。

それはいつか海外の旅行写真で見た『市場』のような光景だ。屋台の周辺は人でごった返し、まるで祭りのような様相である。

人にぶつかられて焦る私を、キールがとっさに庇ってくれた。そして、威嚇するように牙を剥《む》く。

「す、すごい人だね」

「ランフォス、この街はいつもこんなに賑やかなんですか？」

この光景を見て私とキールは目を丸くした。ランフォスさんも目を丸くしながら、キールの問いに返すようにふるふると首を横に振る。

「いいや、前はこんなじゃなかったよ。でもたぶんこれは……」

ランフォスさんは近くにある屋台に行くと、店主の女性に愛想のいい笑みを浮かべた。すると女性は頬をぽっと赤らめる。すごいな、美形スマイルの威力は。

「お姉さん。このパン、三つちょうだい？」

「あ、はい！」

彼が買ったのは、薄いパンの間に角煮っぽい肉が挟まったものだった。その形状には懐かしさを感じる。

中華料理屋で食べたパンに似てるな。名前はなんだっけ……ガパオに近い名称だったような気がする。

「俺たち今、街に来たばかりでさ。これってなんのお祝いなの？」

私とキールにパンを渡して、一つは自分で頬張りながらランフォスさんが店員さんに訊ねる。

もらったパンを口にすると中華バーガー（仮）のような濃い味つけの肉ではなく、シンプルな塩茹でだった。これはこれで美味しいな。

「ああ！　聖女様が降臨なさったので、そのお祝いですよ。王家が伝令を各地に出していて、この街にもつい数日前に来たんでね。街を挙げてお祝いしようってなったんです」

店員さんはそう言うと、嬉しそうに笑った。

『聖女』という単語を耳にし、一瞬びくりと身を竦ませる。

だけどキールが「ココアとかいう女ですね」と耳打ちをしてくれたので、それもそうかと胸を撫で下ろした。考えてみれば、それしかないよね。

私は安堵《あんど》の息を吐いてパンを再び口にした。うん、美味しい。

「聖女様！　それは素晴らしいね。アルマ国の繁栄は約束されたわけだ。ありがとう、素敵なお姉さん」

ランフォスさんはにこにこと笑いながらそう話を締めて、私たちのところに戻ってきた。

「まぁ、そうかとは思ったけど。滞在中はお祭り騒ぎだろうね。……他の村や街からも人が来てるだろうし。宿、取れるといいけどな」

……そしてそんな、不吉なことを言ったのだった。

◇　◇　◇

「ここもダメか……」

三軒目に訪ねた宿にも満室だと断られ、私はため息をついた。

この様子だと、どこも満室なのかな……。がっくりと肩を落としていると、ぎゅるるとお腹も鳴る。

　さっき中華バーガー（仮）を食べたばかりのくせに、貪欲な胃袋め。

「ニーナ様、お腹が空きましたか？」

「うん、ちょっとだけ」

　キールの問いに、へへへと思わず照れ笑いをしてしまう。男性陣二人は平気そうなのに情けないな。

「じゃあお気に入りの店に案内しようか。席が空いてるといいけどな。穴場だから大丈夫とは思うけど」

「ランフォスさんのお気に入り？　楽しみです！」

　この街に詳しいランフォスさんの申し出に、私は嬉々として飛びついた。屋台でもよかったんだけど、足もちょっと疲れていたし。

「ちゃんとニーナ様のお口に合うんでしょうね」

「大丈夫だって、信じてよキールさん」

　……この二人のやり取りも『ケンカ』というよりすっかり『軽口』だ。

　仲がいいのは良いことだ。旅の連れ合いなんだし。

　ランフォスさんが案内してくれたお店は大通りから何本か外れたところにあり、穴場だからかそこそこ混んでいるという程度で済んでいたおかげで、席をしっかり確保することができた。

　私とキールだけだったら、お店を求めてウロウロしていたかもしれないな。土地勘があるってやっぱりすごい。

木のテーブルに三人で着いて、メニューとにらめっこをする。パイ包み中心のお店らしく、メニューには可愛いパイの絵がたくさん描かれている。

私は言葉を話すことはできるけれど、この世界の文字を読むことができない。そこまでは女神様の加護はおよんでいないらしかった。

「キール、これ。なんて書いてあるの?」

「かぼちゃと鹿肉のパイですね、ニーナ様」

「もしかして、ランフォスさんが前にオススメだって言ってたのは、このお店ですか?」

「うん、そうだよ。鹿肉が一番オススメだけど、白身魚とクリームソースのやつも美味しいよ」

「うわ、悩む」

「じゃあいっぱい頼んで分けながら食べましょう、ニーナ様!」

「いいね、シェア!」

楽しい。久しぶりに外食産業に触れている。山でのキャンプご飯も美味しいのだけど食材はどうしても限られてしまうし、こうやってワイワイ選びつつ食べるのもやっぱり楽しいのだ。

結局私たちが頼んだのは、鹿肉とかぼちゃのパイ、白身魚とクリームソースのパイ、牛ミンチとトマトのパイだった。ミンチとはいえ、牛なんて久しぶりに食べるなぁ! 鹿に至っては初体験だ。

「楽しみだなぁ」

思わず頬を緩めながら、まだ見ぬパイの味に思いを馳せる。

しばらくするとパイが運ばれてきて、その大きさに私は驚いた。それはしっかりとホールケーキくらいの大きさがあったのだ。驚く私を見てランフォスさんが「余れば持ち帰りもできるから」と補足をしてくれた。

パイはキールが綺麗に等分してくれたので、とても食べやすそうだ。キールは本当に器用だなあ。

まずは牛ミンチとトマトのパイをお皿に移して一口頬張る。すると濃厚なミンチの旨味と、トマトのほどよい酸味が口の中に広がった。

牛は濃い味つけだけれど、トマトの酸味が上手くそれを中和し、味の調和が取れている。サクサクしたパイ生地もバターが利いていて、とても美味しい。

「美味しいです、ランフォスさん！」

「でしょ。裏道にあるから穴場だし、ほんといいお店なんだ」

ランフォスさんもそう言いつつ、鹿肉とかぼちゃのパイを頬張った。

「そういえば……ランフォスさんって以前はここになにをしに？」

私も鹿肉とかぼちゃのパイを口にしながら訊ねる。

ランフォスさんのオススメだけあって、こっちも美味しいな。脂身が少なくさっぱりした風味で、香りに少し独特さを感じる。

そして、かぼちゃがほくほく……！

ランフォスさんは私の問いに、少し苦い笑みを浮かべた。

「視察や勉強でいろいろな土地を定期的に巡ってたんだ。後継者ではないとはいえ、貴族のはしくれだっていう自覚はあったしね。少なくともその頃は」

「ランフォスに、そんな責任感があったんですね」

キールがそう言いながら白身魚とクリームソースのパイを、私の皿に取り分ける。生地からとろりと白いソースが滴ってとても美味しそうだ。

「……そうだね。そして責任感だけでは、どうにもならないことがありすぎた」

ランフォスさんの面差しにはどこか陰がある。……貴族にも、いろいろあるんだろうな。あの王族が上司みたいなものだし。

はっ！　ランフォスさんも、ブラック上司の下で苦労した系だったりするのかな⁉　一気に親近感が湧いてきた。

「ま、そんな話よりも。今夜の宿をどうするかだよね」

「それですね。……いざとなったらまた野宿かな」

「ニーナ様のお体を休めたいですし、できればちゃんと宿が取れるといいんですけど」

キールは気遣うように私に視線を投げる。うん、正直なところ久しぶりにベッドで寝たい。無理なら仕方ないけど……というか、どうしようもないんだけど。

「俺の知り合いの家に、泊めてもらうって手もあるけど……」

ランフォスさんがぽつりとそう言う。その表情はどこか乗り気ではないように見える。

「さっきのベアさんですか？」

私は門兵さんの顔を思い浮かべた。初対面の人には、あまり迷惑はかけたくないな……。

「ベアの家はよした方がいいかな。九人家族で騒がしいし、野宿の方が快適だと思う」

「九人！」

それは大家族だ。私たちの泊まるスペースなんてないだろうな。

「そ、子供が五人だったかな。そんでベアと奥さんと、祖父母二人」

『子供が五人』。その言葉に胸がつきりと痛んだ。

「五人兄妹……うちと一緒ですね」

お兄ちゃんたちも、弟たちも、元気にしてるかなぁ。それを考えると少し落ち込んでしまう。

「ニーナ様……」

キールが慰めるように私の頭を撫でた後に、キッとランフォスさんを睨みつける。いや、ランフォスさんはなにも悪くないから！

「ごめんね。前の世界を思い出させて」

ランフォスさんが申し訳なさそうに眉尻を下げた。

「いいえ！　大丈夫です。今はキールもいますし」

そう言ってよしよしと頭を撫でると、キールはぶんぶんと尻尾を大きく振る。ずっと一緒にいてくれる保証がある人がいるのは、本当に心強いのだ。

ランフォスさんが「俺は頭数じゃないのかぁ」と嘆くふりをしているのは、聞かないふりをしよう。

食事を終えて一息ついて、ランフォスさんの知り合いを頼る前に、もうひとあがきと宿を探したのだけれど……。さらに数軒ほど回ってみても、空室のある宿は見つからなかった。

「どこも全滅だね。これは参ったな」

さすがに少し疲れた様子のランフォスさんが、小さく息を吐く。

「本当に困りましたね」

私は困り果てて天を仰いだ。今はまだ明るい空だけれど、そのうち日が沈んでしまう。旅の買い物を済ませたりもしたかったのだけど、今日は宿探しで一日が終わるのかな。

……いや、この様子では明日も宿があるかあやしいな。

建物の壁にもたれかかって立ち話をしながら雑踏を眺めていると、私たちの前を人波がどんどん通り過ぎていく。

本当にすごい人出だなぁ。

こんなにも人が集まって喜びたくなるくらいに……みんな『聖女』という存在に飢えていたのだろう。それを考えると少し複雑な気持ちになった。

「宿が取れないのがココアとかいう輩のせいだと思うと、腹が立ちますね」

キールが不機嫌そうに言うと、ランフォスさんは少し慌てながら周囲を警戒した。

「キールさん。それ、神官や偉い人に聞かれたら大騒ぎになるよ。ほら、ここ女神教の大きな教会もあるし」

……女神教。

前にキールが教えてくれたな。『女神』と、その力を与えられた『聖女』を崇め奉る宗教なんだとか。

『女神教』はこの国の国教であり、『王家』と権力を二分する不可侵な存在らしい。

……彼らが『女神』から庇護《ひご》を与えられているかなどは置いておいても、女神の存在が聖女を通して確定的である時点で、その信奉者には手が出せないよね。存在が証明されている神の怒りを買うのは、誰だって恐ろしい。

少し遠くに見える白く立派な建物が、その『女神教』の教会なんだろう。荘厳な女神らしき像が、壁面にくっついているのも見えるし。それに人の出入りがものすごく多い……これは『聖女』特需ってやつなんだろうな。

「この立ち話がはじまった瞬間から結界を張っているので、誰にも聞こえてませんよ」

「うわ、キールさん、さすが」

「当然です、聖獣ですから」

キールはツンとして言いながらも、少し得意げに尻尾を振った。そして教会を一瞥《いちべつ》して、皮肉げに表情を歪める。

「残り滓の聖女に、権力に蝕《むしば》まれた教会。本当に世も末です」

「……おまけに腐った王家もいるしね」

ランフォスさんはキールとの会話をそう結んで、ため息をついた。私はそれを聞いて苦笑いする。キールも不敬だけれど、ランフォスさんも大概だ。

「さて」

ランフォスさんはうんと伸びをすると、私たちに向き合った。

「知り合いの家に泊めてもらわないとどうしようもないかなーって状況なんだけど。それでいいかな？」

「ランフォスさんのお知り合いがいいのなら、お願いしたいです」

「こればかりは、仕方ないですもんね」

ランフォスさんの提案に対して、私たちにはまったく異議はない。ベッド……なんて贅沢は言わないから、せめて屋根のあるところで寝たい。

「じゃあ知り合いの家に行って泊めてもらう算段をつけてから、時間があれば荷物を置いて旅の買い出しかな。時間がなければ、買い物は明日にしよう」

「了解です！」

お知り合いって、どんな人なんだろう。ランフォスさんのお知り合いなら、悪い人ではないのだろうけど。門兵さんたちみたいな、ちょっとざっくばらんな感じだったりして。

そんなことを考えながら彼の後について行くと……。一般市民の住む区画から、明らかな高級住宅街へと目に映る光景が変化していった。

……『知り合い』ってもしかしなくても、『お金持ち』なんじゃないだろうか。

チャラいからよく忘れそうになるけれど、この人貴族だもんなぁ。『聖女様だよ！』っていう触れ込みつきならともかく、こんなしょっぱい一般市民の女はお家に入れてもらえるんだろうか。

ランフォスさんの足は高級住宅街の奥へと進み、たっぷり三十分くらいは歩いた後に……一軒のお屋敷の前でようやく止まった。

「……知り合いの家？」

「うん、知り合いの家。昔からの友人なんだけど」

その建物を見て、私は呆然とする。ランフォスさんが連れてきてくれた『知り合いの家』は……どう見ても、大貴族のものだったのだ。

「ずいぶんと立派なお屋敷ですね」

キールもその屋敷を見て眉を顰《ひそ》める。

すると、ランフォスさんはおっとりと微笑みながら、「領主様の屋敷だからね」と、こともなげに言った。

……りょうしゅ、さま。

私の勘違いでなければ……この街で一番偉い人ってことだよね。

こちらを胡乱《うろん》げな目で見ている立派な鎧《よろい》を身に着けた門兵二人に、ランフォスさんはへらりとした笑いを浮かべながら近づいていく。……ランフォスさん、大丈夫なのかな。正直、ちょっと不審者っぽい。

「ニーナ様。少し離れて見ていましょうね」

キールは私の腕を掴んで安全圏だと思われる距離まで引っ張って行く。この子、なにかあった時にランフォスさんを見捨てる気満々だ‼

「キ、キール。ランフォスさんを見捨てたりしないよね⁉」

「………ええ、見捨てませんよ？」

キール、かなりたっぷりの間があったような気がするんだけど。……ひとまずは気にしないことにしよう。

ランフォスさんと門番たちは、二言三言と会話を交わす。キールはその会話に大きな耳をぴくぴくと動かしつつ聞き耳を立てているようだけれど、人間である私には会話の内容は聞こえない。

「……ふむ。なるほど」

「ね、キール。あっちはなにを話してるの？」

ついついと服を引っ張りながら訊ねると、キールはにこりと笑った。

「身元の証明を求められ、ランフォスがそれを証明する物品を提示したようです。家紋が入った指輪のようですね。フォード侯爵家？　それがランフォスの出自ですか。王国の西部に領地を持つ侯爵家のはずですが……」

キールが会話の内容を説明してくれる。それに対して「へー」とか「ほほー」と返事をしながら聞くものの、『侯爵』がどれくらいの身分なのかが私にはよくわからない。

現代日本で生きてきた私には、爵位云々の知識が薄いのだ。正直なところ、伯爵くらいからが偉いのかな？　というふんわりとした認識しかない。

「門兵の一人が屋敷の主に確認に向かうようです。貴族の名を騙れば処刑されますし、よほどのバカでない限り、そんな嘘をつく人間はいないと思いますが……。ランフォスがそのバカだという可能性は、否めませんしね」

キールのお口が悪い。いつものことだと、慣れてもきたけれど。

「……貴族の名を騙《かた》ると、処刑されるんだ」

「ええ、そうです。貴族の名を騙った詐欺なんてものが、簡単に横行しないようにですね」

日本でも詐欺罪はあるもんね。さすがに処刑はされないけど……。

キールの言葉通り、一人の門兵が屋敷に向かって走って行く。そしてしばらくすると、少し慌てた様子で一人の男性を伴って戻って来た。

高価な衣服を見るに、門兵が連れて来たのはこの屋敷の主人……領主様なのだろう。彼は黒髪に青い瞳の美青年だ。年の頃は三十代の半ばくらいに見える。

領主様がわざわざ出迎えに来るなんて、ランフォスさんは案外大物だったりするんだろうか。

「ランフォス様、お久しぶりです！」

領主様は離れたところにいる私にも届く朗々とした声で、ランフォスさんに挨拶をする。聞き耳を立てたままだったキールは耳を押さえ、少し恨みがましげな視線を領主様に向けた。

少し会話をしてからランフォスさんと領主様は抱擁を交わす。二人はとても親しい仲のようだ。

「話はついたみたいですね。行きましょう、ニーナ様」

キールはそう言うと私の手を引き、ランフォスさんと領主様の方へと向かう。つい緊張で体を強張らせると、大丈夫だと言うようにキールは優しく微笑んでくれた。

……そうだね、キールがいるから大丈夫だよね。

ランフォスさんは私たちが向かって来るのに気づくと、眩しい笑顔を向けながら軽く手を振った。

「ニーナちゃん、キールさん。泊めてもらえるって！」

「そ、それは良かったです」

ちらりと領主様に視線を向けると、厳しい視線が返ってくる。

「……ランフォス様のお連れというのはそちらですか」

領主様の表情は『怪しいやつめ』と雄弁に語っていた。まぁ、当然だよね。ランフォスさんと違って、私とキールは領主様にとっては正体不明の旅人だからなぁ……。

へらりと領主様に笑ってみせると、『フン』と顔ごと視線を逸らされてしまった。

cooking 仁菜'sクッキングメモ memo

中華バーガー（仮）。リーボスの街の名物B級グルメで『肉サンド』と端的な名前で呼ばれているパン。『牛肉サンド』のように肉の名称が付かないのは、その時々で中に入る肉が変わるため。ニーナはこの料理に関して元の世界では『ガパオに近い名称だったような』と言っているが、正確には『グーパオ』。

「シルヴェストル伯爵。俺の大事な友人にそんな態度を取るのならよそを当たるけど。と言っても、今街の宿は満室みたいだから野宿かなぁ」

「いえ、その。そのようなつもりは！　お連れ様たちも、どうぞゆるりと過ごしてくださいませ」

ランフォスさんに少し厳しめに釘を刺され、領主様――シルヴェストル様は慌てて私とキールに対する態度を取り繕った。態度は取り繕いつつも、私たちを見る目は笑ってないけれど。

ランフォスさんはシルヴェストル様に対して敬語じゃないんだなぁ。シルヴェストル様の方がランフォスさんより年上に見えるのに……なんだか不思議だ。

不思議になってこっそりキールに訊ねると、にこりと笑って疑問に答えてくれた。

「ランフォスの家の方が爵位が高いからでしょう。こちらの領主様は伯爵位のようなので」

「なるほど……」

……私は爵位どころか、平民としての身分も怪しいんだよね。出自を訊かれれば偽のものを答えられるようにはしているけれど、ランフォスさんみたいに『証拠』を求められたらお終いだ。ボロが出ないように気をつけないと。

「さ、こちらです」

「……おお！」

シルヴェストル様の案内で屋敷に通され、私は小さく感嘆の声を上げた。

玄関からすでに広い！　この玄関に私の住んでいたワンルームがいくつ入るんだろう。調度品も豪奢《ごうしゃ》だけれど華美すぎずで品が良く、屋敷の主のセンスの良さが感じられた。

「ニーナちゃん、なんだか楽しそうだね」

キョロキョロと周囲を見回していると、ランフォスさんに声をかけられた。

「へへ、こういうお屋敷に来るのってはじめてなんです。すごく素敵なお屋敷ですね！」

「そっか、そっか。気に入って良かったねぇ」

「……比べる対象を知らないものに褒められてもな。本当に良さがわかるのか？」

機嫌良く会話をしているところに、シルヴェストル様が聞こえよがしの独り言を零す。せ、性格が悪い！

たしかに貴族のお屋敷を実際に見たことはないけれど、テレビでヴェルサイユ宮殿とかは見たことがあるんだから！　あとドラマや映画でも貴族のお屋敷は何度も見た！

苛立ちをぐっと飲み込み、スルーしようとした時……。

「ニーナ様に、無礼なことを言わないでいただけますか？」

スルーをできないうちのわんこが、喉から低い唸り声を出しながらシルヴェストル様に噛みついた。キール！『待て』だよ！　相手は領主様でお貴族様なんだから！

「キール、ダメ！」

「僕の大切なニーナ様をバカにされて、我慢なんてできません！」

「キール、後でいっぱい耳と尻尾をブラッシングしてあげるから！　我慢して！」

たまにしてあげるブラッシングが、キールはとても大好きなのだ。自分の髪を梳《す》くついでにしてあげたら、ものすごくお気に召してしまったんだよね。

一度はじめるとねだられ続けて長時間の作業になるので、回数は制限しているけれど。

「膝枕で……してくれますか？」

キールが頬を染めながら、ちらりとこちらを窺う。ぐぬ。膝枕は恥ずかしいから嫌なんだけど……背に腹は代えられない。

「膝枕でするよ。するから！」

「うう、ニーナ様の膝枕……。だけどやっぱり許せません！」

「キール‼」

殴りかからん勢いのキールを後ろから抱きしめるようにして必死に止める。そんな私とキールを見て、シルヴェストル様はふんと鼻を鳴らした。

「品がないにもほどがあるな。……しょせんは獣か」

「――――ッ！」

自分がバカにされるのはいい。会社にいた時には毎日みたいに上司にバカにされていたし、悲しいけれど耐性があるのだ。

だけど、だけど……。私の大切な聖獣をバカにされるのは許せない！

「キールをバカにしないで……むぐっ！」

食ってかかろうとした私の口を手で塞いだのは、ランフォスさんだった。

彼はシルヴェストル様の前に立つと、彼を睨みつける。すると、シルヴェストル様は恐れ慄くような表情で、数歩後ろに下がった。

「シルヴェストル……いい加減にしろ」

今まで聞いたことがない低い声で、ランフォスさんが言い放つ。

するとシルヴェストル様は——眉尻を下げて涙目になった。

◇　◇　◇

「領主は本当に嫌な人です！　街の宿が空いていれば、こんなところにいなくてもいいのに！　それもこれもココアとかいう女のせいです！」

「キール、聖女様の悪口を誰かに聞かれたらまずいんじゃないの？」

「大丈夫です、結界を張って音を遮断しておりますので！　まったく……ニーナ様が本物の聖女なのに！　僕は悔しいです！」

案内された客室で、キールは枕を殴って怒りをぶつけている。しかし枕が驚くくらいにふかふかなせいで、キールの拳は『ぽふぽふ』という鈍い音しか立てられなかった。うん、ここの寝具は寝心地は良さそうだ。

通された部屋は豪華でとても広いけれど、キールと私が同室なことから私たちの扱いが透けて見える。ベッドも一つしかないし。

『ちゃんとした』お客様だと思っていれば、ふつう男女は別の部屋だよね。実際ランフォスさんには、別室が用意されているみたいだし。

まぁ……いいんだけど。キールと同室なのは心強いし。旅の間ずっと一緒だったから、同室くらい今さらだと思うし。

ちなみにランフォスさんは、『ちょっと説教をしてくる』とシルヴェストル様を引きずってどこかに行ってしまった。あの二人は……一体どういう関係なんだろうな。

「ほんとに！　ほんとに！　許せません‼」

キールはまだまだ憤懣《ふんまん》やるかたないといった様子で枕を殴り続けている。

「キール、落ち着いて。ほら、ブラッシングしてあげるから」

荷物からブラシを取り出しながらそう言うと、キールの尻尾がピン！　と勢いよく立った。そして美貌に眩しい笑みを浮かべる。うう、可愛いな。

「ニーナ様、いいのですか……？」

キールは頬を赤く染めると、少しもじもじとしながら訊ねてくる。その様子はちょっと危ういくらいに色っぽい。

「うん、約束したしね」

「膝枕ですか？」

「う、うん。膝枕でいいよ。おいで？」

長椅子に腰を下ろし、膝をぽんぽんと叩く。するとキールがいそいそとやって来て、ころりと膝の上に頭を乗せた。そして期待するような上目遣いで見つめられる。

なんだかいけない気持ちになるな……！

「耳からにする？　それとも尻尾？」

「悩ましいですけれど……尻尾、尻尾でお願いします！」

「わかった」

手を伸ばして大ぶりな尻尾を手繰り寄せると、ふわふわとした柔らかな感触が手のひらに伝わってきた。その毛並みの滑らかさには、いつもながらに驚かされる。

……これ、絶対にブラッシングする必要がないよね。

そう思いつつも、私はキールの尻尾にブラシを当てた。

「ふふ、くすぐったいです」

キールはくすくすと笑いながら膝の上で身動きをする。そうされると梳《す》きにくいんだけどな。

「キール、動かないの。もっと強くする？」

「はい……少しだけ」

要望に応えながら、キールの尻尾をブラッシングしていく。大型犬並……いや、それ以上の尻尾のボリュームだから、さすがにたくさん毛が抜けるなぁ。抜けた毛は丸めてローテーブルの上に置いてしまおう。

「キール」

「なんですか？　ニーナ様」

「私のために怒ってくれてありがとう。だけど危ないから、我慢もしようね？」

この世界では貴族や王族は大きな権力を持っているのだろう。それがどの程度のものなのかは、現代日本で生きてきた私には実感が薄い。

薄いからこそ――なおさら気をつけないと。

取り返しのつかないことをやってから、後悔をしても遅いのだ。

「だけどニーナ様も……僕のために怒ろうとしてくれました」

キールはこちらに目を向けると嬉しそうにふわりと笑う。その笑顔を目にした瞬間、胸の奥がぎゅうっと変な音を立てて、頬が自然に熱くなった。美少年のそんな無防備な笑顔はずるい。

……そして、怒ろうとしたことを気づかれてたのか。ランフォスさんが止めてくれたから、気づかれてないと思ったのにな。

「怒ってくださって、嬉しかったです」

「キールを危険な目に遭わせてたかもと思うと……あれは良くなかったって反省してるの」

「大丈夫です。いざとなったらこの街くらい滅ぼせますので」

「キール、それはダメだからね!?」

「はい、ニーナ様が悲しむのでしたら、しません」

『たぶん』という言葉が最後に聞こえたような気がしたけれど、気のせい、気のせい。

ローテーブルの上に、紫色の毛玉がどんどん積み上がっていく。その様子は実に壮観だ。

どうして犬ってブラッシングをしてもしても毛が出てくるんだろうな。祖父母の家にいた柴犬も、換毛期《かんもう》には恐ろしいほどの毛が抜けていた。大きめのビニール袋いっぱいに抜けた毛を見た時には、禿《は》げていないかと心配したものだ。

「キール」

「ふぁい……にゃんですか、ニーナさま」

キールがうっとりとしながら、蕩《とろ》けた声で返事をする。

私はそのほっぺたをぷにぷにと指でつついた。すべすべで、すごく気持ちいい肌だなぁ。これは若さゆえか、聖獣だからなのか……。

どちらにしてもかなり羨ましいんだけど。

「ふふ。ニーナ様、くすぐったいです」

くすくすと笑うと、キールは私の太ももに頬を擦り寄せる。そうされると私もくすぐったいし、なんだかとても恥ずかしい。

「キール。仕上げに全身をブラッシングして欲しいなら、子犬の方になって？」

「全身！　し、してください！」

キールががばりと起き上がると、ぽふんと音を立てて子犬になった。そして尻尾を大きく振りながら私の膝に上ってくる。

うう、あざといくらいに可愛い。

足が短いのもまたいいんだよなぁ。人間の方のキールはスタイルが良くて美脚なのに、子犬のキールはどうしてこんなにもっちりと可愛い造形なんだろう。

短い足を握ってふにふにと手の中で弄ぶ。そしてその裏を見ると、可愛いピンク色の肉球がいつもの通りにそこにあった。それは指でつつくと、ぷにぷにと柔らかで弾力のある感触を返す。

うう、これはたまらない。

子犬の肉球は愛らしさの塊だなぁ……成犬の硬い肉球も、あれはあれで味わいがあるけれど。

「可愛いなぁ……」

思わずしみじみとつぶやくと、キールは短い二本の足で立ち上がって私の頬をぺろぺろと舐めたり、甘えるように身を擦り寄せたりする。

そうされると、ブラッシングできないんだけどな！

わしゃわしゃとしばらく撫でてあげてから、膝の上に置いて固定する。そしてその小さな体を優しくブラシで梳いた。

「これが終わったら、お買い物に行こうね」

『ワン！』

私の言葉にキールは元気にお返事をする。買い出しは明日でもいいんだけど……久しぶりに人の多い場所に来たから早く見て回りたいな、なんて気持ちもある。宿探しで歩き回った時には、食事処にしか立ち寄れなかったし。

……『聖女様』の誕生で、街もとっても賑やかだし、きっと楽しいよね。

「心愛さん、ちゃんとおにぎり食べてくれたかな。食べてくれなかったら困るなぁ」

『ウゥ』

『心愛さん』という単語を聞いて、キールは明らかに不満げな唸り声を上げた。そんなキールの様子を見て、私は苦笑した。

「心愛さんがおにぎりを食べてくれないと、私たちが困るでしょう？」

『キュン……』

なだめるように優しく頭を撫でてあげる。するとキールは小さく鳴いて金色の瞳を細めた。

シラユキ君が次におにぎりをもらいに来たら……心愛さんの近況をしっかり聞かないとな。心愛さんが上手く『聖女』をできているようであれば、私たちも『安全』なのだ。

ブラッシングの後は、ついでに耳の中を布で軽く拭いてあげる。

とろりと蕩けきった子犬が、丸いお腹をこちらに向けて気持ち良さげにしている様子は本当に愛らしい。この無防備なお腹を撫でるのが楽しいんだよね。

……元が美少年なのは、考えないようにしよう。

「よし、こんなものかな」

ぽんぽんと軽く叩くように頭を撫でるのが終わりの合図だ。キールは名残惜しそうな視線をこちらに向けて『キュン』と甘えるように鳴いた。

……そんな様子を見るともっとしてあげたくなるけれど。延長してるとキリがないからここまでだよ。ずっと延長に付き合って、ものすごい時間をブラッシングに費やしていた……なんてことは、一度や二度じゃないのだ。

キールは私の膝から下りると、ブルブルと身震いをしてから人間の姿に戻る。

「ありがとうございます。き、気持ち良かったです」

そして頬をぽっと染めてお礼を言った。……そのいかがわしい言い方は止めなさい。

「さて、お買い物ですね。ニーナ様」

私の手を引いて、キールが長椅子から立ち上がらせてくれる。

「うん。キールとお買い物はじめてだから、楽しみだね」

「そうですね。ランフォスは置いていきましょう！」

キールはそう言って、にぱっと笑った。

……その言い方はどうかと思うけれど、ランフォスさんはまだシルヴェストル様のところから戻ってないみたいだし仕方ないかな。お話が終わっていれば、こちらに声をかけに来るだろうし。

誰かに頼んで声をかけてもらってもいいのだろうけど……。そんなことをしたら、シルヴェストル様に睨まれそうな気もする。

うん、キールと二人で出かけよう。

6皿目　聖獣とデート

キールと部屋を出るとメイドさんがいたので、ランフォスさんとシルヴェストル様に『街へ出かけてきます』という伝言をして欲しいとお願いする。すると彼女は「わかりました」と静かな声で答えて一礼し、足音も立てずに廊下を歩いて行った。

その真っ直ぐに伸びた背中を見送りながら、私はほーっと息を吐く。綺麗な所作のメイドさんだなぁ。

「なんというか……洗練されてるね」

これぞクラシックメイド、などという妙な感動を覚えてしまう。だって日本には一部地域を除いてはメイドさんなんてほとんどいないのだ。そのメイドさんたちの出で立ちは、クラシックとはほど遠い場合が多い。

「使用人の教育は、行き届いているようですね」

その後に続いた「……領主の教育は行き届いていないですが」という言葉は、切り取って聞かないフリをする。キールは膝の上で可愛くもふもふされていた子と同じとは思えない、剣呑《けんのん》な目をしていた。

「キール、怖い顔しないの。行くよ？」

「はい！　ニーナ様！」

声をかけるとキールは表情を明るく変えて、ぶんぶんと尻尾を振った。

手袋に覆われた手を差し出されたのでぎゅっと握ると、向日葵が咲くような笑顔を向けられる。

ぐぅ、無邪気な美少年可愛い。

そして……お散歩に連れて行ってもらえる時のわんこみたいだな。

「ふふ。デートですね、ニーナ様」

キールはご機嫌な調子で言うと、私の手を引っ張って廊下をずんずんと歩いて行く。


——デート⁉


そ、その発想はなかった！ すっかり犬のお散歩みたいな気分だったから……。

この世に生まれ落ちて約二十三年。会社の外回り以外で男性と二人で出かけた経験なんて私にはない。キールとの旅はノーカウントである。

外回りは恫喝をされてばかりの道中で、決して楽しいものではなかった。

おかしいな……今考えると、年がそうも変わらない男性になぜ恫喝されていたんだ。しかも大きなミスをした覚えはまったくないのだ。

私って、あの会社のカースト最下位だったんだろうな。

皆ストレスを抱えていて、それは上から下へと殴りつけるような勢いで落ちていく。そして一番下にいた私に、そのすべてが降り注いでいたのだ。

うう、嫌なことを思い出してしまった。楽しいことを考えよう。

キールを見ると、心底嬉しそうに笑っている。その笑顔を見ていると、心がふわりと暖かくなった。

「……これ、デートなんだね」

「はい。僕はそうだったらいいなぁと思っています」

キール、そのセリフはなんだか意味深だよ。

この聖獣は私のことを『崇拝』の対象としか見ていないものだと思っていたので、こういう言い方をされると少し混乱してしまう。

それに……なんだかとても気恥ずかしい。

「そ、そっか。デートか」

「初デートがニーナ様なんて、すごく嬉しいです」

まさにご機嫌という様子で、大きな尻尾がばふばふと振られる。

キールは生まれたてだから、そりゃあ私がはじめてだろう。

二十三年生きていて、キールがはじめての私はなんなんだって話なんだけど。

「なにを買おうか？」

「調味料と食材はいろいろ買い足したいですよね。屋台がたくさん出ているので、もしかすると、めずらしい食材も見つかるかもしれませんね」

「わぁ、楽しみだね！」

「食べてみたいものはありますか？」

「えっとね。果物と……海老《えび》が欲しい。あとイカとかタコ？」

魚は豊富にあるけれど、海老などのその他魚介類や果物にはなかなかありつけない。

川を通る時に川海老のようなものを見つけて、素揚げにして食べたりもしたけれど……。

物足りないのだ。

もっと大きな、海老が食べたい。

オマール海老だなんて贅沢は言わない。車海老、車海老サイズでいいんです。

そしてエビフライが食べたいです！

「ふふ、じゃあ探してみましょうね」

キールはそう言って、なんだか母性溢れる笑みを浮かべた。

門兵さんにぺこりと頭を下げてから、屋敷の門をくぐる。

お買い物、楽しみだなぁ！

元来た道を歩いて行くと、高級住宅街からふつうの街に近づくにつれて人の数が増えていく。

遠くからどのような楽器を使ってなのか賑やかな演奏が聴こえ、その演奏に合わせて歌われている歌の内容は聖女を讃えるもののようだった。

『清らかな乙女この地に舞い降りて』みたいなことを歌ってるけど、私はくたびれた元ＯＬで……『清らか』感は一切ないな。

「キール、賑やかな歌だね」

「聖女の召喚は……民にとってはめでたいことですから」

キールはそう言うと、複雑な感情を含む視線を私に向けた。

民にとっては聖女は『救い』だ。だけど救う聖女側の『事情』は一切考慮されない。

『召喚された！　私が聖女？　ラッキー！』なんて思えた聖女は、どれだけいたんだろうな。

「ま、めでたいのはいいことだね！」

明るく言って、キールの手をぎゅっと握る。辛気臭いことなんて考えず、今は街の散策を楽しもう。

たどり着いた大通りには屋台があふれ、呼び込みの声が空気を震わせている。

「昼間よりも……屋台が増えてない？」

「夕方も近いですし、仕事帰りの人目当てですかね。とりあえずは屋台は無視で、食料品店から行きましょう」

「うん、そうだね。閉まっちゃったらまずいもんね」

「地図は確認したので、建物などの位置は大体頭に入っています。道案内はお任せくださいね」

勝手知ったるという様子で歩くキールに、手を引かれて歩く。すごい記憶力だなぁ……これも聖獣の能力なのか。キールの頭の中は一体どうなっているのだろう。

キールの歩き方が上手だからか、このすごい人混みの中で誰かにぶつかることもない。それどころか快適なくらいだ。そんな余裕のある状態で周囲を見ると、人間に混じってキールのような見た目の獣人たちも歩いている。十人歩いていれば、一人獣人……くらいの少ない割合だけれど。

「キール。獣人って人間よりも数が少ないの？」

「元々ここは人間たちだけの国だったんです。ですが二十年ほど前から獣人の国との国交が増え、少しずつ獣人が増えた……という感じですね」

「なるほど……」

相槌を打ちながら周囲の獣人たちを観察する。

……うちのキールの方が、毛並みがいいな。圧勝だ。

ついそんなことを考え、ドヤ顔になってしまう。私の手柄じゃなくて、キールの手柄なんだけどね！

「ニーナ様、ここが食料品店です」

そう言ってキールは一つの建物の前で立ち止まった。そこは四角い二階建ての建物で、店の前には大量の食料品が置かれている。店内にも商品はたくさんあるようで、それを見ると心が躍った。

この世界に来て、はじめてお店でお買い物をするんだ！

「キール、お買い物楽しみ！」

「ニーナ様が嬉しそうで良かったです。あ、そこ気をつけてくださいね」

不注意で商品にぶつかりそうになった私は、キールに肩を抱かれその胸に引き寄せられた。ふわりといい香りが鼻先を漂い、柔らかな体温と触れ合う。抱き寄せられた状態で呆然としている私を見つめ、キールはにこりと可愛く笑う。そして肩を抱いていた手を離して、流れるように手を握った。

……うちの聖獣が、なんだか手慣れている……！

「キールって、本当にデートははじめてなんだよね⁉」

「ふふ。はじめてに決まってるじゃないですか」

キールはそう言うと、ふっと妖艶《ようえん》な笑みを浮かべた。

そうなんだけど。生まれたてだから、そのはずなんだけど！

キールはある一点に目を留めると、大きく尻尾を振る。私もそちらの方に目を向けた。

「キール、なにがあるの？」

「見てください、ニーナ様！　乾燥させた貝がありますよ！」

「ほんとだ！　貝も嬉しいなぁ！」

大きい貝だなぁ。これは戻して煮物なんかに使えばいいのかな。

「小さいですが乾燥させた海老もありますね」

「ほんとだ！　あちらの世界の桜海老くらいのサイズだねぇ」

量り売りらしい笊に盛られた干し海老を見て、私は頬を緩めた。

「卵焼きに入れたら美味しそうですね」

「わぁ！　それ、食べたい！」

桜海老の入った卵焼きって、香ばしくて美味しいんだよね。想像だけで、ついよだれが出そうになる。

魚介の存在についテンションが上がってしまうけれど、これぱかりは仕方ない。だって私は日本人だから！

干した貝と海老は確定で買うとして……他にはなにがあるのかな。『昆布』や『鰹節』なんてものもあると、日本人的には非常に助かるんだけど。

目ぼしいものを探してきょろきょろと店頭を見ていると、うさぎの獣人らしい店員さんと目が合った。

彼はピンと上に立った白く長い耳をしていて、髪は綺麗な白銀の色だ。背は小さく、可愛いお顔をしている。十代前半に見えるけれど……お父さんの代わりに店番でもしてるのかな。食材に関する質問をしても大丈夫なんだろうか。

「いらっしゃい、お嬢ちゃん。うちはいいもん揃ってんだろ？」

……可愛い少年から飛び出した壮年の男性のような渋い声に、私は目を丸くした。

え、なにこれ。声がめちゃくちゃ渋すぎる。声帯と容姿の組み合わせに、どういう事故が起きたらそうなるの？

私が目を白黒させていると少年（仮）は、ガハハと豪快な笑い声を立てる。

キールはそんな少年を半眼で軽く睨んだ。

「うちのニーナ様をからかわないでくださいよ。ニーナ様、この方はきっと見た目通りの年齢ではありません」

「え……見た目通りじゃない？」

「そうだな。俺ァ今年で五十になる」

ごじゅう。

見た目と年齢の不協和音で、頭がぐらぐらとする。これは一体、どういうことなんだろう。

「うさぎ族の方々は、見目が老けにくいんです。店主、そうやっていつもお客をからかってるんでしょう」

「ガハハ！　バレたか！」

店主は快活に、また豪快な笑い声を立てる。見た目とこの声のギャップに正直まだついていけない。

すごいな……さすが異世界。こんなの前の世界のアンチエイジングどころではない。

「客をからかってないでオススメとかあったら教えてくださいよ。僕らは旅をしている最中でして。まだまだ旅程があるので、食材を多めに買っておきたいんです」

「なるほどなァ。兄ちゃん、マジックバッグは持ってるか？」

「ええ、あります」

「だったら重さのことは考えなくていいか。じゃあオススメはよぉ……」

大ぶりの卵、牛肉、ピクルス、サンマのような魚の干物……いろいろなものを店主が提示し、キールがそれらを真剣に吟味する。手持ち無沙汰の私は、なんとなく店内を覗き込み……。

「あ、あああああ！　こ、これは‼」

とある物を見て、思わず声を上ずらせてしまった。

「ニーナ様、どうされたんですか⁉」

私の驚愕の声に反応したキールが、素早くこちらに駆けつける。私は棚に並べてあった瓶を手に取り、震える手でそれをキールに差し出した。

その瓶の中にはしっとりとした質感の……『濃い黄色の粉』が入っている。

「キール！　こここここ、これってどういう調味料なのかな⁉」

『アレ』じゃなかったらちょっとどころじゃなく、がっかりするな。どうか『アレ』でありますように……！

「ああ、スパイスを数種混合したものですね。主に香りづけに使います。二代前の聖女様が普及させたものでして……」

そう言ってキールが瓶の蓋をぱかりと開ける。

キールの後ろからは店主の「開けたら買えよ！」という野次が飛んだけれど、瓶の中から漂った匂いをひと嗅ぎした私には、それを気にする余裕もなかった。

「ビンゴ！」

このスパイシーな香り。そして私と同じく異世界人である、二代前の『聖女様』が普及させたという事実。もう間違いない。これは、愛しの……。

「カレー粉だぁ！」

私はガッツポーズをしながら、歓喜の声を上げた。

そんな私を見て、キールはきょとんとした表情になる。

「二代前の聖女様もそう呼んでらっしゃったようですね。ニーナ様はカレー粉がお好きなのですか？」

「大好き！　カレーはいくら食べても飽きないもん！」

カレーは最高だ。大半の日本人の魂に、最も深く刻まれている食べ物だと思う。

ちなみに今私が想像しているのはインドカレーではなく、『日本のおうちカレー』である。インドカレーも美味しいけれど、日本でカレーと言うと、やっぱりそちらなのだ！

ありがとう！　カレー粉を生み出せるくらい料理に造詣が深かった二代前の聖女様‼

「キール、これ！　たくさん欲しい！」

「わかりました、ニーナ様」

キールはハキハキと返事をすると、棚にあるカレー粉をすべて確保する勢いで買い物かごに入れていく。さすがにそれは、買いすぎなんじゃと思いつつも、カレー粉ならいくらあってもいいような気がしてくる。

この魔法の粉がなくなってから嘆いても遅いのだ。うん。キール、買い占めて！

「おいおい、そんなに買うのかい」

店主が呆れたように声をかけてくる。するとキールは満面の笑みを浮かべた。

「ニーナ様がご所望なので！　さぁ、ご主人。カレー粉に合う食材を出すのです」

「カレー粉にはなんでも合うけどよぉ。これなんかどうだ？」

そう言って店主が差し出したのは、鯖《さば》に似た魚だった。

鯖……カレー粉……鯖カレー！

そんな連想が頭を過《よぎ》る。

鯖カレーはたまに実家で出たメニューだ。鯖缶、トマトホール、じゃがいも、玉ねぎ。それらを炒めてからふつうのカレーみたいに煮て、ルウを入れるだけ。鯖がほろほろと崩れて、とても美味しかったんだよなぁ。

お母さんが作ってくれていたのは水煮缶でだったけれど、生の鯖でも美味しいのかな。キールの腕なら、お願いしたら美味しいものが出てくるのだろうけど。

「ああ、バルサですか。これにカレー粉をつけて焼くと美味しいんですよね」

キールはそうつぶやくと、店主から魚を受け取った。

このお魚は『バルサ』という名前らしい。

カレー粉をつけて焼く……なんだかとっても美味しそうだ。ぎゅるりと鳴りそうなお腹を、私はぐっと手で押さえる。この後は屋台もあるのだ。美味しいものはきっとすぐに食べられる。

「しかし今、魚は大量にあるんですよね……」

キールは、主の切り身のことを思い浮かべているのだろう。

しかし繊維が大きい主の切り身と、鯖っぽい魚ではきっと食感が違う。

「キール。ちょっとだけ欲しいな」

「ご主人、六尾ほどくださ い」

キール、私がねだってからの反応速度が早すぎるよ。この様子にご主人も少し苦笑している。

「ずいぶんと姉ちゃんが尻に敷いてるんだねぇ」

「いえいえ、僕が尽くしたいだけですから。妙なことを言わないでください」

店主の言葉を、キールは即座に否定する。しかしその言い方だともっと危うい誤解を与えそうだ。

「キール、変なこと言わないの」

「変なこと？　僕はニーナ様に尽くすために生きているんですから、まったく変なことは……」

「もう！」

ぽふりと口を塞ぐと、不思議そうに首を傾げられる。ああもう、可愛い顔をして！

「はーん。その姉ちゃんを落とせば、そこの兄ちゃんがなんでも買ってくれるわけだ」

店主は私たちの様子を見てにやりと笑う。たしかにその通りなんだけど……。

「……妙な学びを得ないでくださいよ」

じろりと睨むと、店主はガハハと豪快に笑う。キールは私がねだれば妙な壺でも買いそうだからなぁ……。

「他にはなにがあるんだろう？」

「おう、見てけ見てけ。そして遠慮なく買ってくれ」

そんな店主の言葉を背にして、私は店内をさらに見て回る。そんなに広くはないけれど、棚にはぎっしりとスパイスや乾物、麺類などが詰まっている。

「ん……？　これは……」

色とりどりの飴が入った瓶が目に留まる。ああ、こういうタイプの甘味って少し懐かしいなぁ。

「ああ、そりゃ隣国から取り寄せた砂糖菓子だ。可愛らしいよな」

私の後ろには、いつの間にか店主がいた。ちゃっかり購買意欲を刺激するつもりらしい。

「お、オススメされても負けませんからね？」

「まぁいいから。ちょっと試食してみろって」

瓶がポンと開けられ、手の上に飴をいくつか置かれる。

私はつい誘惑に負けて、それを口にしてしまう。

「――ッ！　美味しい！」

固い飴を想像していたけど、それはソフトキャンディのような食感だ。そして南国のフルーツのような、甘酸っぱいフレーバーが使われている。

悔しいけど美味しいな。だけど店主の意のままになるのも……。

飴の瓶を見つめながらぐぬぬと歯噛みをしていると、キールがやって来て瓶をさっと買い物かごに入れてしまった。

結局……まんまと購買意欲をそそられてしまい、食材や嗜好品をキールにたくさん買ってもらった。

店主は終始ご機嫌だったけれど、そりゃそうだよね。こんな買い物をする客は滅多にいないだろう。

物を買うのはいいのだけれど、それを買うお金がキールの懐から出ているものだと思うと……。人のお金で無駄遣いをした、と心が痛む。

「キール、ごめんね」

「どうして謝るのですか？　ニーナ様のご要望のものをたくさん買えて、僕は嬉しいです」

私の言葉に、キールはにぱっと明るい笑みで返す。うう、笑顔が眩しい。

「ここしばらくは、ずっと山の中にいたでしょう？　だからこうやって、文明に触れられる場所でニーナ様を甘やかしたいなって思ってたんです」

「うちの子が甘やかしすぎる……」

「まだまだ甘やかしますよ」

ご機嫌なキールに手を引かれて、これまたご機嫌な店主に見送られながら店を出る。

そして私たちは屋台が立ち並ぶ大通りへと歩みを進めた。

「さ、次は屋台を見て回りましょう。美味しいものがいろいろ食べられるといいですね」

「そうだね、お腹も空いちゃったし」

『美味しいもの』という言葉に反応して、お腹がぐるると鳴る。それを聞いたキールは微笑ましげに瞳を細めた。

「なにが食べたいですか、ニーナ様」

「うーん、悩ましいなぁ。キールは？」

「ニーナ様が食べたいものが、食べたいです！」

訊ねると、キールはさも当然というようにそう返す。

……この子はいつもこうなんだから。

キールはいつでも、私のことばかり優先する。だけどキールの嗜好も私は知りたいんだけどな。

「キールの好きなもの、私も知りたいよ？　キールが喜ぶものを、一緒に食べたいし」

「ニーナ様……」

キールは金色の目を大きく見開く。そのびっくりした表情が可愛すぎて手を伸ばして頭を撫でると、ぐりぐりと手のひらに額を押しつけられた。

「嬉しいです、ニーナ様が僕の好きなものを知りたいなんて」

「当たり前でしょう？　私にとって、キールは大事な存在なんだし」

キールの動きがぴたりと止まる。恐る恐るその様子を観察していると……大きな瞳が一気に涙で潤んだ。そして唐突に抱きしめられる。

「ニーナ様、ニーナ様！」

「ちょ、キール！　ここ往来！」

「ニーナ様、そんなお言葉をかけていただけて僕は嬉しいです。ああ、死んでもいい」

物騒なことを言わないで！　そして抱きしめる腕の力がどんどん強くなっていくんだけど！

通行人の視線が痛い。生暖かいものから、美少年に抱きしめられている冴えない女に対する敵意の目まで、そのバリエーションは結構豊富である。

「大好きです、ニーナ様」

すりすりと頬ずりをされながら心底嬉しそうに囁かれると、怒る気力は一気に萎えていく。

私はキールの背中に手を回して、落ち着かせるように何度も撫でた。

「私も大好きだよ、キール。それで好きな食べ物は？」

「大好き⁉」

「『大好き』に反応しなくていいから！」

他意はなく反射的に返しただけなのだけど、そこに反応されるととても恥ずかしい。

私が真っ赤になって言い返すと、キールはそんな私を見ながらほにゃっと蕩けた顔で笑った。

……その後、頑張って聞き出したところ、キールは基本的に好き嫌いはないらしい。

だけど魚よりはお肉が好きなのだそうだ。

そのふつうの男の子らしい回答に、なんだか微笑ましい気持ちになってしまう。

「じゃあ、お肉をたくさん食べようね。串焼きとかあるといいんだけどなぁ」

「そうですね、ニーナ様。いっぱい食べましょう」

そんな他愛ない会話をしながら屋台を物色しながら歩く。うーん、どの屋台も美味しそうだ。

「あ、キール。大きな串焼きがあるよ！　なんのお肉かなぁ」

「あれは……サンサラ地方の特産牛ですね。ずいぶんと奮発したものを」

もしかして、高価なものなのかな。松阪牛や近江牛みたいなものだろうか。

「……高いなら、別のにしよ？」

「いいや、食べましょう！　こういう時にケチケチしていても、楽しくありませんし」

キールは悪戯っぽく笑うと私の手を引いて、屋台の方へと向かった。

「おじさん、二本ください」

キールが屋台のおじさんに元気に声をかける。台の上には鉄板が置かれ、その上で大きな牛串が何本もじゅうじゅうと美味しそうな音と匂いを立てている。この鉄板は魔法で熱してるのかな。キャンプ生活でさんざん体感したけれど、こちらの世界の魔法は本当に便利だ。

「はいはい、二本ね。お兄ちゃんたち、デートかい？」

「はい、デートです‼」

眩しい笑顔で答えるキールに、私はぎょっとして目を向ける。するとお耳をふにゃっと下げた、可愛らしい照れ笑いが返ってきた。キールのテンションが……明らかに高い。尻尾も常にと言っていいくらいバフバフと振られている。

……これはちょっと通行人の邪魔なんじゃないだろうか。

「キール……デートって主張されると、恥ずかしいから！」

「だってデートですし」

「うー……」

私達のやり取りを見た屋台のおじさんは、なんだかにやついた顔になる。

……親戚の集まりで『仁菜ちゃんは、そろそろ彼氏はできないの？』なんてからかってくる、おじさんみたいな顔だな。

「初々しいねぇ。じゃ、大きいのをやるからよ」

「ありがとうございます。はい、ニーナ様」

おじさんから渡された湯気を立てる牛串をキールがこちらに渡す。

……鉄板に載っている他の牛串よりも、明らかに一回りサイズが大きい。

軽口じゃなくて本当に大きい串をくれたんだなぁ。にこにことこちらに目を向けるおじさんの視線が、なんだかとても温かい。

……高校生の縁日デートのようなシチュエーションを、異世界で体験することになるなんて。人生って本当にわからないものだ。

「おじさん、ありがとうございます」

ぺこんと頭を下げると「いいよ、いいよ」と言うように笑って手を振られた。

「ニーナ様。こっちで食べましょう！」

キールが私の手を引っ張って、建物の裏手へ連れて行く。そこは死角になっていて、人がまばらにしか見当たらなかった。

さすがキール、目ざといなぁ。たしかにここだとゆっくり食べられそう。

「ニーナ様、熱いので気をつけてくださいね」

大通りの喧騒を耳にしながら、キールと並んで牛串を口に入れる。

「わかった……あちっ」

キールに忠告されたのに大口で串にかぶりついてしまった私は、その熱さに目を白黒とさせた。

うう、口の中をちょっと火傷したかもしれない。

「ああ、大丈夫ですか?」

「だ、大丈夫」

お行儀が悪いけれど、もぐもぐとしながら返事をする。

ん……これ、美味しいな。

お肉はステーキのように分厚くて、だけどその厚さを感じさせない柔らかさだ。そして脂がよく乗っている。その脂もしつこくない味わいで、口の中ですっと綺麗に溶けていく。

ソースは甘辛い味付けで、前の世界の『タレ』の焼き鳥を少し彷彿とさせた。

ああ、この味はビールが欲しい……。

大きい串だと思っていたけど、こんなに美味しいとすぐに食べきっちゃうな。

「キール、とっても美味しいね」

「はい、美味しいですね。ニーナ様」

同じくはふはふとお肉を頬張っているキールをちらりと見る。

キールは手袋を外して串を食べており、綺麗な指先についたソースを紅い舌でぺろりと舐めた。

その仕草の妖艶さに、少しドキリとしてしまう。

そんなふうにキールに気を取られながら牛串を口にしたせいで、私はまた「あちっ」と小さな声を上げるハメになってしまった。……我ながら、懲りないな。

「は〜まだまだ食べられそう」

牛串を食べ終えて物足りなさを感じながらそうつぶやくと、キールにくすりと笑われる。

キールは残った串部分をハンカチに包むと「後からゴミ箱に捨てましょう」と言って、マジックバッグに入れてしまう。

ポイ捨てなんてマナーが悪いことをしない、実に素敵な聖獣である。

「他にも美味しいものがあると思いますし、散策しましょう。生の海老も探さないといけませんね」

「そうだね、エビフライにできるような海老！　見つかるといいなぁ」

そして私たちは、また雑踏へと足を踏み出したのだった。

cooking 仁菜'S クッキングメモ memo

バルサ。鯖に似た魚。アルマ王国近海でかなりの漁獲量を誇るが、まったく獲れない年が十年に一度程度発生する。それは『バルサの落とし穴』と呼ばれている。

箸休め　もう一人の聖女の話・その1（心愛視点）

馬車で次の街へと連れて行かれた私は、『疲労』を理由に案内された貴族の屋敷の一室に閉じこもっていた。

私が眉尻を下げて辛そうな顔をすれば、皆が優しくしてくれる。そして慰めの言葉を口々にかけてくれた。

『聖女』である私の体を無理に調べようなんて輩はいない。皆、『女神』の加護を受けている私の怒りを買うのは恐ろしいのだろう。

……そのことに私は深い安堵を覚えた。

「ほんっと、最低な気分」

聖女になって、お役目はあるものの讃えられつつ悠々自適に過ごせると思っていたのに。

前の街での出来事を思い返す。ちっとも変わらない状況と……それを見た周囲の落胆の目。

――正直なところ、私は怖い。

前の街でされたように、『お前の力が足りない』という顔を誰かにされてしまうことが。

私にはこの『聖女』という地位しか、この世界での持ち物がない。それが不確かなものであるのは、かなり不安だ。

「……今は少し、調子が悪いだけ」

大きな寝台に横になって、小さくそうつぶやく。そうじゃないと、困るのだ。

もしも『聖女』ではないと糾弾されれば――どんな目に遭うかわかったものではない。

「心愛様！」

人払いをしているので私だけのはずの部屋に、愛らしい声が響いた。たしかに聞き覚えのある声。だけど以前聞いた時は、ここまで元気なものではなかったはず……。

「シラユキ？」

名前を呼びながら声の方へ目を向ける。するといつか見た、美少年の姿のシラユキがそこにいた。

彼はサファイアの瞳をキラキラと輝かせながら、元気に小さな巻き尾を振っている。

なぜだかシラユキは、首から風呂敷のようなものをかけている。それは中身に押し上げられるように、こんもりと大きく膨らんでいた。

「はい、シラユキでございます」

シラユキは私が寝ている寝台へと駆け寄ってきた。そしてその上に上がると、子犬の時のようにちょこんと私の隣に座った。

――可愛い。

いつか見た時も思ったけれど、『人』の姿のシラユキはとても可愛い。

頭を撫でると尻尾が限界まで左右に振られる。……それはすごい勢いで、見ていてちぎれてしまわないかと少し心配になる。白の髪の触り心地はとても良くて、ずっと撫でていられそうだ。

こしょこしょと大きな耳をくすぐると、彼は少し頬を染めて瞳を細める。

少し前の様子が、本当に嘘みたい。今のシラユキは健康そのものに見えた。

「シラユキ、元気になったの？」

「はい、元気になりました」

シラユキはそう言ってにこりと笑う。その笑顔を見て、体中から力が抜けるのを感じた。

私を助けてくれるはずの『聖獣』がずっと子犬のままであることは、不安材料の一つだった。少なくともそれは今……解消されたのだ。

「良かった……」

手を伸ばして抱きしめると、シラユキからは素朴な野花のような香りがする。その香りは私の好みに合っていて、すんと香りを嗅ぐとシラユキはくすぐったそうに透明な笑い声を立てた。

「これからは、シラユキを頼りにしてもいいの？」

「はい、私にできることはなんでもします。今までご迷惑をかけて……申し訳ありません」

心底申し訳なさそうな声で謝罪され、優しく抱きしめ返されて背中を撫でられる。その手はとても小さいのに、今まで感じたことがないくらいの安堵感を覚えさせてくれた。

この世界で私が人に求めるのは『利用価値』。そして人々が私に求めるものも同じだ。

だけどシラユキは……無条件に私に好意を寄せてくれている。そのことに関しては、なぜだか疑う気持ちが湧かなかった。

だからこの腕は……安心できるのだろう。

「そうだ、ココア様！」

シラユキはぱっと身を離すと、風呂敷らしいものを首から外す。そして結び目を解いて広げはじめた。

風呂敷の中からころりと出てきたものを見て、私は小さく目を瞠《みは》る。この、前の世界で見慣れた形状は……。

「シラユキ、これって……」

「さる高名な方よりいただいた『オニギリ』という食べ物です！」

そう言ってシラユキは、にこりと明るい笑みを浮かべた。

……高名な方からもらった……おにぎり？

この世界のお米は水分の少ないもので、握って固めるのには適していない。だから『おにぎり』なんて食文化はない……と思う。そのはず。

だけどこのおにぎりには、ふんわりとした『日本米』が使われているように見えた。それは艶々としていて見るからに美味しそうで、見ているだけで自然に喉がごくりと鳴ってしまう。

「おにぎりがどうして、この世界にあるの？」

思わずそんな疑問が口から零れ出る。するとシラユキの巻き尾が解けてたらりと垂れ、サファイアの瞳が気まずげに伏せられた。

「い、以前この世界に来た聖女様がお伝えになったものなのでしょう！　きっとそうです！」

「……シラユキ。これをくれた人って誰？」

「そ、それは内緒なのです！」

シラユキは目を泳がせながら、早口で言い訳めいたことを口にする。とてもわかりやすく、なにかを隠している様子だ。

じっと見つめるとオロオロとした様子で目を逸らされる。その態度は悪いことをした現場を押さえられた子供のようだった。ここまであからさまだと……怒る気にもならないわね。

「……も、申し訳ありません」

彼は謝罪をしながら、大きな耳をぺたりと下げる。

……なにかを隠されているというのは、正直気に入らないけれど。

だけどシラユキの『隠し事』が私に害を為すことのわけがないという確信を、私はなぜか強く感じていた。

これはシラユキが私の『聖獣』だからなのかな。

「それで、その、ココア様に……これを食べていただきたいなと」

シラユキは瞳に少し必死すぎるくらいの懇願の色を宿す。私はその様子に目を丸くした。

お腹はちょうど空いているし、食べること自体はやぶさかではないけれど。

そんなことを思いながらおにぎりに目を向ける。

その時、きゅるりと小さくお腹が鳴った。空腹と懐かしい気持ちに背中を押されるように、私はおにぎりに手を伸ばす。

すると、シラユキが安堵したように小さな笑みを漏らすのが見えた。

手に取ったおにぎりにはまだ仄かな温もりが残っている。シラユキはこれをどこから持ってきたのだろう。

ふと、おにぎりの温もり以外の感触が手のひらに伝わった気がした。それはじわりと肌に伝わり、私の『隙間』を満たしていく。

なんだろう――この不思議な『力』のようなものは。

じっと見つめても、それはただのおにぎりにしか見えない。

きっと、気のせいね。こんなものに力なんてあるはずがないもの。

「……せっかくシラユキが持ってきてくれたし、食べないともったいないよね」

私は誰にでもなく言い訳するようにつぶやいてから、おにぎりを口にした。

ほろりと口の中で米粒が解ける。それと同時に『なにか』が体を駆け抜けた。

「……！」

欠けたものが満たされる。そんな歓喜に体が震える。

私は夢中になって、おにぎりを口にしていた。

一つ食べ、二つ食べ。三つ目を半ば食べ終えた時にようやく落ち着きが戻ってくる。

精神の昂りが少しずつ収まり、三つ目のおにぎりは味わうようにゆっくりと咀嚼した。

こんなものただの塩むすびだ。なのにどうして、こんなに美味しく感じるのだろう。

「懐かしい味……」

ぽつりとそう漏らした瞬間、瞳から涙が溢れた。

――前の世界のことは、完全に割り切ったと思っていた。

だけど心には……未練もあったのだ。

彼氏はどうしているのだろうとか、両親は悲しんでいるのだろうかとか。そんな思いが胸に溢れる。

私の周囲の人々は、善人だとは言い難かった。私だって善人じゃないし、ある意味ではお似合いだ。

元から浮気性だった彼氏はもう新しい彼女を作っているだろうし、両親は互いの愛人の家にいるのだろう。

それでも私にとっては……それなりに大事な人々だったのだ。

この世界でのし上がってやるという、その気持ちは変わらない。

それは――こんな郷愁なんかで変わるものではない。

私は他の誰かでは代わりがきかない『唯一』になるんだ。

「ココア様、大丈夫ですか？」

シラユキが心配そうに訊ねながら、私の涙をハンカチで拭う。

視線を向けて頷いてみせると、彼はほっとしたように息を吐いた。

「少しだけ……元の世界を思い出してしまって」

「そうなのですね。元の世界が、恋しいですよね」

小さな手が伸びて頬を撫でる。そしてサファイアの瞳が気遣わしげにこちらを見つめた。

「大丈夫。シラユキがいてくれるんでしょ？」

「ココア様……！」

笑ってみせると、曇りのない笑みが返される。それは見ているだけで心に暖かさを生む微笑みだった。

「頼りないかもしれませんが、私は貴女の味方です。ずっとお側におります」

シラユキはそう囁くと……私の手を優しく握った。

魚を売っている屋台の前を通りかかったので、私とキールは立ち止まった。屋台では色とりどりの鮮魚が売られており、これは生の海老への期待も持てそうだ。

「食料品店で買ったバルサもだけど……どうやって新鮮な魚を運んでるんだろう」

いかにも新鮮ですという魚を見ながら私は首を傾げる。ここからは海や川が近かったりするのだろうか。……いや、前に見せてもらった地図だと遠かったな。

「これですよ、ニーナ様」

キールはそう言うと背負っているマジックバッグを指し示す。それを見て私は、なるほどと納得した。

魚を入れた箱に水魔法の派生形である氷魔法をかけて温度を低く保つようにしてから、マジックバッグに入れて運ぶのだそうだ。

マジックバッグはとても高価なものだけれど、あるとないのとでは商売の幅に大きな差が出てしまう。だから『儲けたいなら、持ち家を売ってでも買え』なんてことが、冗談半分本気半分で商人の間では言われているとキールは教えてくれた。

……高価なものだとは知ってたけど、家の価値と比べられるようなものなのか。

キールの背中に背負われたそれは、なんの変哲もないバッグにしか見えないのにな。

キールが持っているものは容量が小さめのものだそう。そして入る容量が増えれば増えるだけ、その価格は倍々で上がっていくのだとか。

馬車数台分の荷物を収納できるマジックバッグは、貴族の大きなお屋敷よりも高価になるそうだ。……本当にびっくりだなぁ。

「……ありがたいものなんだね」

つい手を合わせて、マジックバッグを拝んでしまう。そんな私を見てキールはくすりと笑った。

「さ、品物を見ましょうニーナ様」

「そうだね。生の海老探さないと！」

そう言いながら屋台の商品に目を走らせると——氷が詰まった箱に入った、大きな蟹が視界に入った。

「キール、見て見て！　おっきいよ！」

私がはしゃぐと、キールもそれを覗き込む。

そして値札を見てから「ふむ、買ってもいい値段ですね」と小さくつぶやいた。

「……買わなくて、いいからね？」

美味しそうだなーとは思うけれど、旅の最中に食べるには贅沢すぎるよ。

私の言葉を聞いたキールは残念そうな表情になる。しかし周囲を見回して……バラバラにされた蟹が詰められた瓶を手に取った。

「ニーナ様、こちらでしたらお安いですよ。販売に向いていない見目の蟹をバラして、瓶に詰めたもののようです」

「……む。どれくらい値段が違うの？」

キールは私にもわかるように、丁寧に価格の差を説明してくれた。

いろいろなことを聞いてしまって申し訳ないなと思うけれど、この世界のことをまだまだ知らないので甘えてしまおう。

この世界のことを時間を見つけて、もっと勉強したいなぁ。

この蟹はふつうの蟹の十分の一程度の価格らしい。前の世界でも『不揃い』や『切れっ端』というジャンルのものは安かったもんなぁ。

「これならお手頃だね。卵とお米と炒めたら美味しそうだなぁ」

蟹炒飯もいいけれど、とろみをつけられるものがあれば蟹玉もいいかも。

先ほどのカレー粉と合わせてカレーチャーハンにしても美味しかったりするのかな。

食材の種類が増えると夢が広がるなぁ。想像しただけで口中がよだれでいっぱいになってしまう。さっき牛串を食べたばかりなのに、私はなんて意地汚いんだ。

「いいですね、今度作りましょう。こういうものは案外手に入らないので。いくつか買っていきましょうね」

キールはそう言うと、ニコニコと笑いながら蟹缶ならぬ蟹瓶を手にする。

これも少し贅沢な気がするけれど……美味しそうな蟹の誘惑には逆らえない。

「そうだ！　蟹もいいけど、海老！」

「こちらにあります、ニーナ様」

指を差されてその方向を見ると、大きくて立派な海老がそこにはあった。サイズは車海老くらいもので、ぷりっとした体は見るからに美味しそうだ。車海老の中でも特に大きい、牛海老くらいのサイズはあるのかな。いや、もしかするともっと大きい？

「うわ、これは絶対に美味しい……！」

「そうですね、このマミヤ海老は本当に美味しそうです。お気に召す海老があって良かったですね、ニーナ様」

「うん、嬉しい！」

思わず笑顔全開で言う私に、キールが優しい笑みを向ける。

結局この屋台では、蟹の切れ端が詰まった瓶三つと海老を十匹ほど買ったのだった。

うん、大満足！

満面の笑みを浮かべながら、キールとシルヴェストル様の屋敷に帰ろうとした時――。

「聖女様を愚弄するのか⁉」

怒りの感情がこもったそんな声が耳に入り、私はついそちらに目を向けた。

すると商人らしい男性数人と、お供を連れた神職らしい服装の老人が言い争いをしている。

「いえ、そんなつもりは……！」

「その言い訳は牢でしろ」

商人たちは申し開き……と言うより言い訳をしているようだけれど、神官に聞く耳を持つ様子は見えない。

「た、ただの軽口じゃないですか！」

どうやら商人たちが聖女への『軽口』――『聖女と一度寝てみたい』なんていうセクハラ的なものだったみたいだ――を叩いて、それを通りかかった神官たちに聞かれたみたいだな。

「女神教の神官め……。信仰心など飾りのくせに偉そうに」

キールは小さくつぶやくと舌打ちをする。そっか、あれが『女神教』の神官なのか。

『王家』と権力を二分する……不可侵な存在。

「……どちらの味方をする気も起きない揉め事ですね。聖女の威を借る神官に、聖女を愚弄した商人たち。僕にとってはどちらも五十歩百歩です」

そう冷たい口調で言うと、キールは騒ぎから目を逸らしてしまった。

言い合いはまだ続いているけれど、それは神官が強い口調で商人たちを糾弾をするだけのものへと変わりつつある。

周囲の人々は眉を顰めて眺めているけれど……商人たちの味方をする者は誰もいない。

……言い合いのきっかけがきっかけだしなぁ。

味方がいたとしても、自分たちを救うだろう人物の悪口を言った人間への肩入れはしにくいよね。悪口というよりも、セクハラという範囲な気もするけど。でも当人が目の前にいるわけでもないしなぁ。

神官に杖で打たれる商人が見えて、さすがにどうなんだと私は引いてしまったのだけれど――。

「――そうだ。聖女様に無礼を働くなんて間違ってる」

人混みのなかから誰かが零した、その声がきっかけだった。

「そうだ。こいつらが悪い」

「聖女様を汚すようなことを」

「この罰当たりが！」

商人と神官たちを取り巻く人垣のボルテージが、妙な方向へと上がっていく。

商売仲間らしい商人たちがさすがにそれを止めようと声をかけるけれど、それを聞く者たちはいない。周囲の空気は熱を帯び、その空気に煽られるようにして神官たちの恫喝の声も次第に大きくなっていく。

「行きましょう、ニーナ様」

キールは冷えた声音で言うと、私をその場から遠ざけようとする。

「ま、待ってキール！　このままだとあの人たち、その……」

『殺されちゃうんじゃ』。そんな物騒な言葉を私はぐっと飲み込んだ。そんな私を見て、キールはふっと安心させるような笑みを浮かべた。

「教会の牢に数日入れられはするでしょうけど。殺されたりはしませんよ」

キールの言葉に私は胸を撫で下ろす。「多少は痛い目を見るでしょうけど」という続いた言葉は、心の健康のために聞き流させてもらおう。

「さ、帰りますよ」

手を引かれ、不穏な空気と喧騒を背にする。
……女神教とは、関わりたくないな。あまり始末がいいものには見えないもの。
そんなことを考えながら、私は屋敷への帰途に就いた。

cooking 仁菜'S クッキングメモ memo

マミヤ海老。牛海老よりも一回りほど大きな海老。ぷりぷりとしたその身は絶品で高値で取引されている。しかし猟師の網を破るほどの強靭な顎を持っており、漁は損害と隣り合わせである。

8皿目　領主様の妹君1

「……困ったことになったんだよね」

屋敷に帰った私たちと出迎えてくれたランフォスさんは、開口一番そう言うとため息をついた。

「困ったこと、ですか？」

彼の言葉を聞いて私は首を傾げる。その時――。

「ランフォス様！　こちらにいらしたの？」

鈴の鳴るような愛らしい声が響き、キシキシとなにかが軋むような音がする。

音の方を見ると、メイドに押された車椅子に乗った少女がこちらに向かって来るところだった。

年齢は十六、七だろうか。腰までの黒髪に青い瞳のはっきりとした顔立ちの美少女だ。

その面差しはシルヴェストル様によく似ているので、きっとお身内なのだろう。

彼女は私とキールを交互に見ると、きょとんと首を傾げた。

「こちらがランフォス様のお連れ様？」

「そうだよ、リンカ嬢。ニーナちゃんとキール君。異国から来た方々なんだ」

「まぁ！　異国から⁉　お話をゆっくり聞きたいわ！」

リンカ嬢は表情を華やがせると屈託のない笑みを浮かべた。

顔はシルヴェストル様と似ているのに、この人懐っこさは正反対だなぁ。

そんなことを思いながら、私はつい口元を緩ませてしまう。

「リンカ嬢。ニーナちゃんたちとお話をしなきゃいけないから、少し待ってね」

「あら、そうですのね。わかりましたわ」

リンカ嬢はそう言うと膝の上できっちりと手を揃えて待つ姿勢を作った。

……彼女は足が不自由なのか、それともご病気なのか。

それが少し気になったけれど、ひとまずはランフォスさんの話を聞こう。なんだか深刻そうな雰囲気を感じるし。

「話……ですか？」

キールが眉を顰めながらそう問うと、ランフォスさんはコクリと頷いた。

「街の周囲で盗賊が出たそうなんだ」

「盗賊ですか⁉」

前の世界ではそうそう耳にしない単語を聞いて、私はつい目を丸くする。

「今この街には人が多く集まっているからね。やつらも狙いが定めやすいんだろう」

ランフォスさんは眉間に小さく皺を寄せた後にそう言った。

聖女の誕生を祝うために旅人や行商人が多く行き交う今だから、それに狙いを定めた犯罪者も増えているってことか……。

「怖いですわ」

リンカ嬢がそう言って身を震わせる。そんな彼女の頭をランフォスさんが優しく撫でた。ランフォスさんを見上げるリンカ嬢の白い頬は、たちまちに赤く染まってしまう。

「リンカ嬢、この屋敷は安全だよ。シルヴェストルや俺がいるからね」

そう言ってランフォスさんがウインクをすると、リンカ嬢は赤い顔で何度も頷いた。

「そうですわね。ランフォス様とお兄様がいれば怖くないですわよね！」

……アリサの時といい、ランフォスさんは罪作りな男だなぁ。こうやって被害者を出しながら旅を続けているのだろうなぁ。

まぁ、お顔がとってもいいもんね。チャラいけどいい人だし。

そして、リンカ嬢はシルヴェストル様の妹君なのか……。

「それでね。盗賊たちの討伐が済むまでは、街は出ない方がいいだろうって……シルヴェストルがね」

そう言ってランフォスさんは困ったように肩を竦めた。

なるほど……足止めをされてしまいそうなのか。

無理に街を出てもいいのだろうけど、盗賊なんてものに出会うのは少々どころじゃなく怖い。

キールやランフォスさんは問題なく対処できるのだろうけど、トロい私が足手まといになる可能性は非常に高いだろうし……。

「ランフォス。その盗賊の討伐にかかる目処はわからないのですよね？」

「そうだねぇ。そればかりは……」

キールとランフォスさんが暗い顔を突き合わせてため息をつく。

一刻も早くこの国を出たい私としても、気が気ではない。

心愛さんに皆の目が向いているし、おにぎりを食べているのなら今の彼女は力が増しているのだろう。だからここに長くいても私に注目が集まることは、ないとは思うのだけど……。

「いいじゃありませんの！　わたくし、旅の方々のお話を聞きたいですわ！」

リンカ嬢がぱっと表情を明るくしながら、車椅子を押してもらって私の前にやって来る。

「た、大したことは話せませんけど……」

私の話せることなんて、王都からここまでの道のりのことくらいだ。

……大体が田舎道か山の中で、話せることなんて欠片もないんだけどな。

前の世界のことは当然話すわけにはいかないけど、上手にぼかしながら話していいのだろうか。

「あら、なんだってわたくしにとっては新鮮よ。十歳の頃からこの足で、どこにも行けないのだもの」

リンカ嬢は明るく言うと自分の足を指し示す。私はなんと言っていいのかわからなくて、眉尻を下げてしまった。

「ふふ。そんな顔はなさらないで？　甘やかしなお兄様もいるし、これでもわたくし幸せなのよ」

「……甘やかし」

私たちへの態度を考えると、まったく想像がつかない。それはキールも同じだったらしく、私と顔を見合わせてから首を傾げた。

「ニーナちゃんたちへの態度は失礼だったけど、悪い男ではないんだよ。その……いろいろあってね」

ランフォスさんは苦笑混じりの表情になる。シルヴェストル様のあの態度は『私とキールが平民だから』という以外にも理由があるのだろうか。

「お兄様のことはいいでしょう？　ね、わたくしのお部屋でお話ししましょう！　ランフォス様、お二人を借りてもいい？」

「それは、二人次第かな。俺はどうしたらいい？」

「ランフォス様はお兄様と積もる話があるんじゃなくて？　ね？」

リンカ嬢の勢いにランフォスさんは少し苦笑いだ。

ちらりとキールを見ると、少し困った顔をしながらも拒絶する様子ではない。

「わかりました。そんなに楽しいお話はできないかもしれませんけど」

にこりと笑って了承してみせると、リンカ嬢は嬉しそうに満面の笑みを浮かべた。

リンカ嬢の後についてしばらく歩く。……家の中なのに『しばらく歩ける』ってすごいな。元いた狭いマンションとは大違いだ。ここまで広いと、迷わないか少し心配になってしまうなぁ。

そして車椅子は一つの扉の前で停止した。そしてメイドが静かな動作でそれを開く。扉が開かれた先は、私とキールの客室の二倍程度広い立派な部屋だった。

可愛らしいデザインの家具やふわりとした色合いのカーテンや寝台の上掛けは、いかにも『女の子の部屋』という雰囲気だ。その丁寧に整えられた様子からは、彼女がたくさんの愛情を注がれていることが容易に感じられた。

リンカ嬢は長椅子に腰を下ろすと、車椅子を押していたメイドにお茶を頼む。そして私たちにも椅子を勧めてから、好奇心に満ちた瞳をこちらに向けた。

「ねぇ、貴女たちは恋人同士なの？」

「――ッ⁉」

唐突な問いに私はつい吹き出しそうになる。しかしキールは平然とした様子で、穏やかな笑みをリンカ嬢に見せた。

「恋人同士なんて恐れ多い。僕が一方的に敬愛しているだけですよ」

「まぁ！　キールさんの片想いなのね」

妙な誤解が生まれているような気がするんだけど。

リンカ嬢は目をキラキラと輝かせて私とキールに見入っている。

キールはリンカ嬢の言葉を否定するでもなく、メイドが持ってきた紅茶をなに食わぬ顔で口にした。

デートだと言ったり、こんな思わせぶりなことを言ったり……この聖獣は非モテには刺激が強すぎる。私が本気にしたら、どうするつもりなのだろう。

「さすがは伯爵家……良い茶葉を使っていらっしゃいますね。この香りはライオス地方のディアリーフでしょうか」

「よく知っているのね。そうよ、わたくしが好きなのでお兄様が取り寄せてくれているの。ディアリーフの中でも厳選された茶葉のみを使用しているのよ」

「道理で香り高いはずです」

落ち着かない気持ちでオロオロしている間に、なんだか和やかな会話が進んでいる。

しかも当然ながら、会話の内容がまったくわからない。

ライオス地方ってどこなんだ？　ディアリーフってなんなの？

……知識がないことに会話を合わせるのって無理ゲーだし、この場はキールに任せて笑ってごまかしておこう。

私は引きつった笑みを浮かべながら、紅茶を口にする。それは香り高くてさっぱりとした飲み口のものだった。うん、美味しい。

「ねぇ、お二人はどこから来たの？」

「僕たちは東の国の者でして。ニーナ様の家は代々商家を営まれており、僕はニーナ様のお家に仕える従僕なのです」

「そう、そうなんです！」

こちらの素性に関してはこう訊かれたらこうごまかそうとキールと何度もシミュレーションしているけれど、私は粗忽なのでボロが出かねない。なのでキールの言葉に相槌を打つことに徹しようと私は決めた。

「まぁ、あの東の国から！　それは遠路はるばる大変だったでしょう。こちらへはなにをしに？」

「遊学です。ね、ニーナ様」

「ええ、そうです！」

仁菜、相槌を打って頷く機械になれ。

自分にそう言い聞かせながら、笑顔を崩さずコクコクと頷き続ける。

「確かに、ニーナ様の見た目は書物で読んだ東の国の方々のままね。黒髪黒目がとても美しい民族で、肌が象牙の色をしていると書いてあったわ！」

リンカ嬢ははしゃいだように言うと、楽しげな笑い声を立てる。

その悪意のない無邪気な様子に、私の緊張は少しずつ解れていった。

「ニーナさんは、あちらではなにをされていたの？」

「えっと、いろいろな会社……いや、商家に物の売り込みに行ったりしていました」

ぼかしながら、前の世界の話をする。

私は電子機器の会社に勤めていて、営業回りによく行かされた。

今考えると、事務で入ったのになんでだって話なんだけど。

ブラックすぎて同期が数人逃げたりしたから皺寄せがきて、それがそのまま常態になったんだよね……。

私も逃げればよかったんだけど、言ってしまえばトロかったのだ。

「まぁ、すごいわね！　こちらでは売り込みに来るのは男性ばかりなの。女性も平等に働けるのね」

「はい、そうですね。お給金に男女で差があったりはしますけれど、ほとんど平等だと言っていいと思います」

……実際にはいろいろな格差があるけれど、そんなことまでは話さなくてもいいよね。

深窓のご令嬢の夢を壊すこともない。

「このお屋敷にも商人が来るんですか？」

お金持ちの家にはデパートが直接商品を持ってくる……なんて話を前世でも聞いたし、この世界でもお金持ちはそうなのかも。それにリンカ嬢は『売り込み』の商人を見たことあるような口ぶりだった。

そう思って訊ねてみると、リンカ嬢の表情が少し曇った。私はなにかまずいことを言っただろうか。

「……以前はよく来ていたのだけれど。近頃はお兄様がほとんど追い返してしまうの」

「シルヴェストル様が？」

私はきょとんとしてしまう。リンカ嬢は体が不自由なんだから、商人に来てもらった方が楽だと思うんだけどな。

「もちろん懇意の商会には来ていただくのよ？　そうじゃないと、お洋服や家具が買えないもの。それ以外の商人などの出入りを、今は禁止しているの」

こちらの表情を見て、リンカ嬢は少し寂しそうに微笑みながら言った。

「私の足はね、階段から落ちて怪我を負った後に動かなくなってしまったの。昔は私の足がどうにか治らないかって、お兄様は屋敷にいろいろな者たちを呼んでいたのだけれど……」

このお屋敷の様子から、シルヴェストル様が溢れるほどの富を持っていることは容易に想像がつく。

その富を惜しみなく妹の足の治療のために使うのは、当然すぎる成り行きだったのだろう。

遠くに名医ありと聞けば即座に呼び寄せ、評判のいい薬商人がいると聞けばまたすぐに人を遣る。

当時の屋敷には素性が怪しいものから、御典医まで……様々な人々が訪れていたのだという。

そしてある日――。

異国の薬師が持ってきた薬を飲んだリンカ嬢が、昏倒してしまったのだ。

「私はたまたま、お薬が合わなかっただけだと思っているの。だけどお兄様はそう思わなかった」

リンカ嬢は唇を小さく噛み締める。

『下賤の輩め！　妹の命を狙ったか！』

シルヴェストル様は激昂し、その薬師を痛めつけて屋敷から追い出したそうだ。

それからの彼は屋敷に特定の商家や医者以外を上げることがなくなり、すっかり『異人』嫌いになってしまった……ということらしい。

「……なんというか」

私は腕組みをしながら眉間に皺を寄せた。

政敵がシルヴェストル様を狙って、薬師を使ったのならまだわかる。

だけど体が不自由な妹を狙う理由は……ない気がするんだよな。

リンカ嬢が言う通りに、薬が体に合わなかったんじゃないかと私も思う。

――とんだとばっちりだったんだろうなぁ、その薬師。

そう思い、私はつい苦笑いをしてしまった。

妹が倒れて動転してしまったシルヴェストル様の気持ちも、理解できなくはないのだけれど。

そして……シルヴェストル様の態度が私たちに悪い理由はコレか。

私たちも、とんだとばっちりだったわけだな。

そんなことを思ってため息をつくと、キールも同じくため息をついている。

「無害な異人にまで、八つ当たりは止めて欲しいんですけどね」

そう言いつつ金色の瞳を眇めて、キールは意地悪く口角の片方を上げた。

「まぁまぁキール。ほら、妹さんが危ない目に遭ったら、なかなか溜飲は下がらないって」

なだめようと紫色の頭を撫でると、キールは心底不満だと言うように頬を膨らませる。そしてこちらに抱きついてきた。

「キール⁉」

「事情はわかりましたけれど、それでも僕のニーナ様を愚弄するのは許せません」

「私は気にしてないってば！　それに、泊めてもらえるだけでありがたいでしょう！　たぶんそんなに顔も合わせないと思うから！」

　顔を合わせるとしても、ご飯時くらいだろう。シルヴェストル様は私たちとは食事を摂りたくはないだろうけど、ランフォスさんという『客人』がいるもんね。

　私をぎゅうぎゅうと抱きしめたままのキールの頭をまた撫でる。それを何度か繰り返すと、キールは落ち着いたらしく、ようやく体を離してくれた。

「お兄様がごめんなさいね」

　悲しそうに眉を下げながら、リンカ嬢が謝罪をしてくる。だけどこれは、誰が悪いという話でもないよね……。

「いえ、大丈夫です。ね、キール」

「……はい」

　渋々という様子でキールは返事をする。

「キールさんはニーナさんが大好きなのね」

「ええ、そうですよ！」

　口元をふわりと緩めながらリンカ嬢が言うと、キールは堂々と胸を張って答えた。

「キール……」

　キールは無条件に私のことが好きすぎだ。

　ご主人は絶対にひどいことをしないと、信じきっているわんこそのものなんだよなぁ。

　この献身を見ていると、私もキールにもっとなにかしてあげないとって思ってしまう。

……後でまた、ブラッシングをしてあげようかな。

情けないけれど、私にしてあげられることなんて、それくらいしかないのだ。

しばらくリンカ嬢と話をしてから、私とキールは客室へと戻った。

明日も話をしてとせがまれ、私とキールはそれを快諾した。

断る理由は特にないいし、退屈だろう彼女の日々を彩れるのなら、それは嬉しいことだ。

「いい子だったね」

「そうですね、兄に似ず、いい子でした」

キールのシルヴェストル様への言葉は未だ辛辣である。だけど事情を知る前より、ほんの少しだけ角が取れていることが感じられた。

「キールも、いい子」

手を伸ばして、頭をよしよしと撫でる。すると私の聖獣は、とても嬉しそうに笑った。

「ねぇ、キール」

「なんですか？　ニーナ様」

こちらを見つめる金色の瞳をしっかりと見つめる。するとキールは頬を少しだけ赤くした。

「いつも、いろいろありがとう。さっきも会話の手助けをたくさんしてくれたもんね」

「ニーナ様。そんな、お礼なんて……。聖獣として、当然のことをしているだけですし！」

そう言いつつも、キールの尻尾はバフバフと振られている。本当に可愛いなぁ。

「あのね、私もキールになにかしてあげたいから。して欲しいことがあったら言ってね？」

「ニーナ様に、して欲しいこと……」

キールは口元に手を当てて、少し考える。そして綺麗な唇を少し震わせながら言葉を発した。

「……ずっと、一緒にいて欲しいです。一生お側に置いてください」

真剣なキールの表情。鋭い光を宿しながらこちらを射貫く、綺麗な金色の瞳。

それを見ていると、頬がカッと熱くなる。

まるで告白みたいな言葉だけれど、キールには他意はない。そのはずなのだ。

だから妙な意識をするな、上里仁菜《かみさとにな》！

「うん、一緒にいよう？　私もキールが一緒にいてくれなきゃ嫌だよ」

照れ臭さからへらりと笑みを浮かべながら、私はキールにそう返した。

「ニーナ様……！」

白い手袋を嵌《は》めた手がこちらに伸びて、頬にそっと添えられる。

そして綺麗な顔が近づいてきて――額に優しいキスをされた。

「キ、キール！」

「大好きです、ニーナ様」

キールの顔が、心底嬉しそうにふにゃりと緩む。

……今なんで、キスをしたの？　いや、キールはいつでも接触過多なんだけど。

そうだ、いつものことだ。妙な意識をするな、上里仁菜‼

「そ、そっか……良かった。ほ、他にして欲しいことは？」

「ブ、ブラッシングを！　ブラッシングをしてください！　……ニーナ様さえ、よければですけど」

おずおずとキールはそう言って、甘えるような目を私に向ける。

キールは本当に、ブラッシングが好きだなぁ。

……今日はたくさんお世話になったし、いくらでもしてあげよう。

「うん、いくらでもするから。おいで？」

そう言って手を引くと、キールは嬉しそうな笑みを浮かべながらついて来る。そんな嬉しそうな彼を見ていると、私の口角も自然に上がった。

9皿目　貴族様とディナー

キールをブラッシングしているとメイドがやって来て、食事の準備ができたと告げた。

屋台で多少食べたとはいえ、満腹になるまで食べたわけではないのでお腹は空いている。

それに貴族の家で出てくるご飯……という部分にはちょっとテンションが上がるよね。

シルヴェストル様と顔を合わせるのは、ちょっと胃が痛いところではあるけれど。

「キール、キール。ご飯だって」

「ニーナ様、もうちょっと……ふにゃ」

私の膝の上で蕩けているキールは、力がすっかり抜けきった声を出す。そして本日二度のブラッシングによっていつもよりさらにふわふわになった尻尾を緩やかに振った。

「ほら、皆様を待たせちゃうから」

ポンポンと頭を撫でると潤んだ瞳がこちらを見上げる。

「……後でまた、してくれますか？」

「うん、してあげるから。行こ？」

私の返事を聞いたキールはピンと勢いよく起き上がり、こちらに手を差し出した。

「行きましょう、ニーナ様！」

そして私の手を引くと、意気揚々と部屋の出口に歩き出す。

……ブラッシングをしすぎて腱鞘炎《けんしょうえん》にならないように気をつけないとな。

「ご飯、なにが出るのかな？」

「……それなりに美味しいものじゃないですか？」

「こら、人の家のご飯をそれなりなんて言わないの」

「たぶん僕のご飯の方が美味しいですよ」

「たしかにキールのご飯は美味しいけど……」

そんな会話をしながらメイドに先導され、食堂へとたどり着く。

シルヴェストルとランフォスさん、そしてリンカ嬢はもう着席しており、私は少し気まずい気持ちになった。

「……これで食事がはじめられるな」

ランフォスさんの手前だからか『やっと来たな』とは言わないものの、そんなニュアンスが感じられる口調でシルヴェストル様が言う。

「お兄様。お客様に失礼な言い方はしないの」

「そうだよ、シルヴェストル。また叱られたいのかな？」

リンカ嬢とランフォスさんに責めるように言われ、シルヴェストル様は気まずそうな表情になる。

事情を知った後では突っかかる気にもなれず、私とキールはなにか言うでもなく席に着いた。

「ニーナさん、キールさん。我が家のご飯はとっても美味しいのよ。楽しみにしてらしてね」

兄が無愛想な分を補おうとするように、リンカ嬢がにこやかに言う。

「とても楽しみです！　ね、キール」

「そうですね、ニーナ様」

「……妹と話したのか？」

私たちとリンカ嬢の会話を遮るように、シルヴェストル様が切り込んでくる。

そっか、私たちがお部屋にお呼ばれしたのをシルヴェストル様は知らないのか。

「そうですのよ。お二人ととても楽しくお話をしましたの！」

「なぜ、言わなかった」

「言ったらお兄様はお話をさせてくれなかったでしょう？」

ツンとした口調で妹に言われ、シルヴェストル様は気まずげな表情になる。

そんな兄妹の様子も気になるけれど……私は目の前に運ばれてきた料理にすっかり気を取られてしまった。

——とっても、美味しそう。

目の前には、生ハムと葉野菜のサラダが置かれたのだ。

これはたぶん、前菜だよね⁉

「キール、美味しそうだね！」

「そうですね、ニーナ様」

小さな声で歓声を上げると、キールも微笑みながら相槌を打つ。

そんな私たちの会話は聞こえていたようで、シルヴェストル様がふんと鼻を鳴らした。

「前菜でそんなに感心されても……」

「やっぱり前菜なんですか？　メインもすごく楽しみです！」

シルヴェストル様の言葉に被せるように、私はつい勢いよく話してしまった。

……だってあまりにも生ハムが美味しそうだったから。メインへの期待がつい迸《ほとばし》ってしまったのだ。

「ふ、ふん。せいぜい楽しみにしているがいい」

なんだか悪役の捨て台詞のような口調でシルヴェストル様が言う。それを聞いて、私は思わず吹き出しそうになるのを必死で堪えた。

「お兄様ったら。お客様が喜んでくださっているのにそんな態度を……本当に恥ずかしいわ」

「ぐっ……！」

妹にやり込められるシルヴェストル様を見ていると、ちょっとだけ溜飲が下がるなぁ。

「さ、ニーナ様。食べましょう」

「そうだね！　いただきます！」

「いただきます……？」

聞き慣れない食前の言葉に怪訝そうな顔をするシルヴェストル様はスルーして、私は生ハムサラダを食べはじめた。

「んっ、美味しい……！」

口に生ハムを入れた瞬間、独特の香ばしい香りが鼻腔に広がった。

生ハムはこの風味がたまらないよね。

サラダに使われている野菜は固めの食感の葉野菜で、ハーブのような風味のある少しだけピリリと辛いものだ。それは生ハムの味をよく引き立てている。かかっているソースはあっさりとしたバジル風味のもので、とてもほど良い塩気だ。

「ね、キール。この野菜ってなに？　なんだかハーブみたいな変わった風味だね」

「これはリシャルですね。こうやってサラダや付け合せに使われることが多い香味野菜です」

元の世界のルッコラみたいなものかな。ルッコラよりもこちらの方が香りが強い印象だ。

美味しいサラダはあっという間に食べ終えてしまって、次はスープがやって来る。

スープは濃いオレンジの、一見にんじんを思わせる色のものだった。だけどその香りはかぼちゃに近い。

「これは、パンプルのスープですね」

スープの香りをひと嗅ぎしたキールが、そう教えてくれた。

「パンプル？」

「甘みが特徴の根野菜です。栄養価もとても高いんですよ」

「へぇ、そうなんだ！」

スプーンでスープを掬い、わくわくしながら口に運ぶ。

スープが舌に触れると、その瞬間に濃厚な味わいが伝わってきた。

「んっ……！」

芳醇《ほうじゅん》だ。そして人参のような爽やかさと、かぼちゃのようなしっとりとした濃さが共存している。

調理をした方がきっと丁寧に濾しているのだろう。その舌触りは驚くくらいに滑らかだ。

ああ、これは何杯でも飲みたい！

「美味しい……」

ぜんぶ飲み干した後にほうと満足げな息を吐く私を、リンカ嬢がじっと見つめている。

……うう、恥ずかしいな。

上品さの欠片もなくがっつく様子を見せてしまったから呆れられたのだろうか。

そんなことを考えて、穴があれば入りたい気持ちになってしまったけれど……。

「ニーナさんは美味しそうに食べてくれるから、嬉しいですわ」

「うん。ニーナちゃんはいつも美味しそうに食べるよねぇ」

リンカ嬢とランフォスさんが、こちらに微笑ましいと言わんばかりの笑みを向けた。

どうやら、呆れられたわけではないようだ。

だけど成人女性でそんな『食いしん坊』みたいな感想を持たれてしまうこと自体が、じゅうぶん恥ずかしいな。

「うちのシェフは腕がいいからな。当然だ」

シルヴェストル様はそう言うと、少し得意げな顔をする。

「はい、とても美味しいです」

「ふん、この高貴な味がわかるといいが」

「繊細な味まで理解できる自信はありませんけど、メインも楽しみです」

「む……」

衝突するつもりはもうないので、嫌味は無視しつつ思ったことを素直に伝えていく。

するとシルヴェストル様は、なぜかむっつりと黙り込んでしまった。

「シルヴェストル。妙な意地を張るのはもうやめたら？」

「ランフォス様、しかし……」

「別にニーナちゃんやキールさんに、なにをされたってわけじゃないでしょ？　意味がないことくらい、わかってるんじゃないかな」

「……ですが」

ランフォスさんに諭されるシルヴェストル様の背中がどんどん丸まっていく。

そういえばこの二人って、どういう関係なんだろう？

「ランフォスさん。お二人ってどういう関係なんですか？」

「んー。俺が元上司で、シルヴェストルが元部下ってとこかな」

ランフォスさんはそう答えながら、上品な仕草でスープを口にした。貴族だけあって、その動作は洗練されている。

「上司、部下……？」

私はランフォスさんの答えに首を傾げてしまった。

どういうシチュエーションならそういうことになるんだろう。

昔同じ組織に所属していたり……とかしたのだろうか。

貴族の社会に疎い私には、まったく想像がつかない。

「ま、いいじゃありませんの。ほら、メインが来ましたわよ」

私が首を傾げていると、リンカ嬢がそう会話を締める。

……なにかごまかされたような気がするんだけど。気のせいかな。

メイン料理は子羊のソテーだった。

湯気を立てる上品な色合いの赤い肉を見ていると、こくんと喉が鳴る。

「リンカ。明日は女神教の神官様が来る日だからな」

上品な仕草で肉を骨から切り離しながらシルヴェストル様が告げる。するとリンカ嬢は不快そうに眉間に皺を寄せた。

「……神官様はなんの警戒もなく屋敷に招くのね、お兄様は」

「女神様にお仕えされている神官様を頼るのは当然だろう。どこぞの馬の骨を頼るのとは違うんだ。奇跡の力でお前の足も治るかもしれないぞ」

「どこぞの馬の骨を屋敷に引き入れていたのはお兄様のくせに。それにわたくし、あの神官様は嫌いよ。お布施、お布施とばかりいつも言って。とんだ生臭神官じゃないの。召喚されたという聖女様ならともかく、神官様に奇跡の力が宿っているとは思えないわ」

「――ぶはっ！」

『聖女様』という下りで動揺してしまい、私は飲んでいた水を少し吹き出した。

シルヴェストル様は胡乱げな目をこちらに向け、キールがハンカチで優しく口元を拭ってくれる。

ダメだな、こんなことで動揺していては。

「……お構いなく」

私はそれだけ言うと、子羊にフォークを入れた。おお、驚くくらいに引っかかりなく切れる。肉は骨からするりと離れ、その赤く艶めかしい断面を見せた。

兄妹の会話から意図的に意識を逸らしながら、子羊にぱくつく。

これは塩胡椒で味付けしたものをお酢などで仕上げているのかな。シンプルな味つけの柔らかなラムに甘酸っぱいソースが絡み、最高のハーモニーを奏でた。

――うん、美味しい。

『女神教』の神官様か。街で商人を痛めつけていたご老人の姿が脳裏を過《よぎ》る。明日来るのは、まさかあの人じゃないだろうな。

あの人には女神の『奇跡の力』は宿っていないだろう。宿っていたら側にいたキールが教えてくれたはずだ。

私が『おにぎり』を食べさせれば……リンカ嬢の足は治るのだろうけれど。

それはいずれこの街に来る『心愛さん』の仕事で、私が関わるべきことではない。

心愛さんが治せるのか、という点はこの際気にしないことにする。

「ニーナ様」

心配するような、そして少し釘を刺すような。そんな声音でキールに名前を呼ばれ、私は笑ってみせた。『なにもしないから、大丈夫』……そんな思いを込めながら。


デザートと紅茶を頂いてから部屋に戻ると、しばらくしてからランフォスさんが訪ねてきた。

「ごめんね、ニーナちゃん。不快な思いをさせて」

扉を開けると開口一番、ランフォスさんはそう謝る。

……シルヴェストル様の態度が悪いのは、ランフォスさんのせいじゃないのにな。

それにここに泊まることになった経緯を考えると、私はランフォスさんにもっと感謝をするべきなのだ。野宿が回避できて、上等な寝床を確保できたのだから万々歳だ。

「ランフォス。お知り合いの手綱はちゃんと握っていてもらわなくては」

「キール！　そんな言い方しないの！」

不満げに言うキールを軽く叱ってから、ランフォスさんと向かい合う。

「その、ランフォスさん。ここに泊めてもらえなかったら野宿だったわけですし、感謝してますから！　ありがとうございます！」

しかも今は盗賊が街の周辺に出没中なのだ。そんな状況で野宿にならなくて良かったと心底思う。キールの結界はあるけど、なにがあるかはわからないし。私はお礼を言ってから、ぺこりと頭を下げた。

「ありがとう、ニーナちゃん」

お礼を言ったはずがお礼を返され、大きな手でぽふぽふと頭を優しく撫でられる。

リンカ嬢の頭も撫でていたし、ランフォスさんは人の頭を撫でるのが癖なんだろうか。

……基本的に人との距離が近いんだよな、この人は。たぶん、他意はなく。そこが始末が悪いんだけど。

そして私の頭を撫でたランフォスさんを見たキールが、不機嫌そうなお顔になっている。ぽんぽんと頭を撫でたら、とたんにふにゃっとした笑い顔になったけれど。

「ランフォスさん。リンカ嬢から事情も聞いてるので……本当に気にしないでくださいね」

「……そっか。わかった」

ランフォスさんは少し安心したように笑う。

そしてしばらく雑談をしてから、自分の部屋へと戻って行った。

cooking 仁菜'sクッキングメモ memo

パンプル。甘く爽やかな風味の根野菜。見た目はスリムなかぼちゃ。割ると鮮やかなオレンジ色をしている。火を通すと甘みが増すのが特徴。生食は腹を壊す。

10皿目　聖獣風深夜の蟹炒飯

ぐるるるるるるる……


深夜に差し掛かる時間になった頃、お腹が盛大な音を立てた。

「まさか、自分のお腹の音で目が覚めるなんて……」

情けない思いを抱えながらむくりと起き上がると、隣で眠っていた子犬姿のキールも眠たそうにしながら目を開ける。ああ、起こしてしまった……！

「ニーナ様、どうされたのですか？」

キールは子犬の姿から人の姿になると、眠たげな様子でふらふらと左右に揺れる。だけど眠気を振り払うように、ふるふると頭を振った。

「その、お腹が空いてしまって……」

少し弁解を聞いて欲しい。

今日は街中を宿探しや買い物で歩き回った上に、晩御飯は美味しかったけれど少しお上品な量で……。

つまりは、私の胃には足りなかったのだ。

「そうなのですね。では台所をお借りして、なにかを作りましょうか」

「え……勝手に借りてもいいのかな⁉」

「ランフォスがいいと言ったことにしましょう」

キールはさらりと言うと寝台から下りる。そしてマジックバッグを「よいしょ」と背負った。

「でもキール、手間をかけるのも悪いし……」

「今日買ったカレー粉と蟹を使いましょうか」

「カレー粉……蟹！」

その組み合わせでできるものを想像するだけで、口中にじわりとよだれが滲む。

そんな贅沢なお夜食の誘惑に……逆らえるわけがない。

「台所は、たしか一階の突き当たりにあったはずですね」

足音を抑えながら廊下を歩くキールの後ろを、私もそろそろとついて行く。

「二人とも、なにしてるの？」

「ひゃ⁉」

声をかけられ小さく悲鳴を上げながら振り返ると、そこにはランフォスさんが立っていた。

「ランフォスさん、なんで……！」

「いや、二人がどこかに行く気配がしたから気になって」

ランフォスさんはそう言うと、にこにこと笑う。

私のせいで、隣室のランフォスさんまで起こしてしまったのか……。

『申し訳ない』が積み重なっていくなぁ。

「……台所を借りてお夜食を作るんです」

「えっ、お夜食⁉　俺も食べたい！」

キールの言葉を聞いてランフォスさんは目を輝かせながら、勢いよく手を挙げる。

「晩ごはん、ちょっと量が足りなかったんだよね。だからお願い、ニーナちゃん、キールさん！」

「作るのを手伝うならいいですよ。どうせ断ってもついて来るんでしょうし」

「やった！」

キールが仕方なさそうにため息をつき、ランフォスさんは喝采を上げる。

こうしてランフォスさんをパーティに加え、私たちは再び台所を目指したのだった。

キールの記憶の通りに、台所は一階の突き当たりに存在した。キールの記憶力はすごいなぁ。

私一人だったらたどり着けずに迷子になっている自信がある。

ランフォスさんが壁に貼り付いた白い宝石のようなものを押すと、部屋の四隅に設置された灯りがポンと小さな音を立てて点灯した。

「わ、すごい！」

「庶民や下位貴族の家にはなかなかないんだけれど、高位貴族の家にはこういう便利な魔道具が揃ってることが多いんだ」

灯りをよく見ると、ガラスの筒の中に熱を感じさせない光が浮いている。これは光の魔法だったりするのかな。

「さて……」

キールは小さくつぶやくと、作業台の上にマジックバッグを置く。そしてその中身を漁ると、蟹瓶、卵、カレー粉の瓶を取り出した。

「結界を張って……お米も使いますか」

炊飯器も机の上に置かれ、キールは手慣れた様子で『早炊きボタン』を押す。

「キールさん、なにを作るの？」

「卵と蟹を具材にして、お米と一緒に炒めようかと」

か、蟹炒飯だ！　深夜の蟹炒飯なんて悪魔的なチョイスだ……！　カロリー的な意味で！

だけどここで拒絶するという選択肢は……私にはない。だって絶対美味しいし！

「ランフォス、これを刻んでください」

「にんにくかぁ。手に匂いがつくのは、嫌なんだけどなぁ……」

ぶつくさと言いながらも、ランフォスさんは器用な手つきでにんにくを剥いてから刻む。

「キール、私は？」

「準備する材料は多くないので、ニーナ様は座ってお待ちください」

にこりと笑ったキールに、隅っこに置いてあった椅子を勧められる。

私はそれに腰を下ろして、男子二人が料理する様子を眺めるだけのお殿様のような立場になったのだった。

トントントンとなにかを刻む小気味の良い音が台所に響く。キールの手元を見ると、長ネギのようなものを刻んでいるようだ。あれは、今日食料品店で買った野菜かな。

結界を張っているので、ここでの音や気配は外へは漏れない。それをいいことに、私はつい鼻歌を歌っていた。

「ニーナちゃん、それ元の世界の歌？」

ランフォスさんが鍋をかき混ぜながらこちらを振り向く。

炒飯だけではなく、スープまで出てくるらしい。

「うるさかったですか？」

私がそう訊くと、ランフォスさんは首を振った。

ちなみに歌っていたのはあちらの世界での流行曲である。

音楽にあまり詳しくない私でも知っているくらいに、世間で流行った曲だった。今はきっと別の曲が流行ってるんだろうな。

……こっちの世界の流行曲を誰かに教えてもらったりしようかな。リンカ嬢は詳しかったりするのかな。

少しずつ気持ちの軸足をこちらの世界に移していかないと。

後ろ向きな気持ちじゃなくて……できれば前向きな気持ちで。

「綺麗な声。そして不思議な曲だね。続けてよ」

ランフォスさんはそう言うと、再び鍋に向き直った。

……続けてと言われると、ちょっと続けにくいんだけどな。

そんなことを思いながらも、鼻歌を再開する。久しぶりに歌を歌うと、少し気分が上昇する。カラオケとか、割と好きだったんだよなぁ。

「ニーナ様は、本当に綺麗なお声です」

キールまでそんなことを言うから、なんだか恥ずかしくなってしまう。……私の周囲の人たちは優しいな。

そうこうしているうちに炊飯器がピーッと音を立て、ご飯が炊き上がる。

キールはボウルに三人分のご飯を移した後に、フライパンを温めはじめた。

そんな調理風景を見ているだけで、口の中にはヨダレが湧き上がってしまう。

私は椅子から立ち上がると、キールのところへと行く。そしてその隣に立った。

キールたちが使っているのは『かまど』のようなものではなく、魔道具のコンロのようだ。平たい鉄板が敷かれていて、その側にある赤い宝石を押すとそれが熱されるシステムみたい。見た目はＩＨに近いな。

「ニーナ様？　油が跳ねるので危ないですよ」

こちらを見て、キールが首を傾げる。そんな彼に私は笑ってみせた。

「へへ。料理しているところを見るの好きなんだよね。見てちゃダメ？」

「……ニーナ様にそんなふうに言われると、僕はダメとは言えません」

「そんなふうに？」

「そんなふうに可愛く言われたら」

頬を染めてそんなことを言われ、こちらの顔まで熱くなる。私はなんて言っていいのかわからなくて、床の一点をただ見つめ続けてしまった。

「いいなー、青春って感じで。俺にも春が来ないかなぁ」

ランフォスさんが茶化すように言いながら、鍋に蓋をする。どうやらスープができたみたいだ。

「ランフォスさんはなにを作ったんですか？」

「簡単にベーコンと玉ねぎのスープだよ。材料はこの厨房から借りました！　ま、ニーナちゃんたちへの無礼な態度への慰謝料ってことで」

「……ちゃんとランフォスさんが使ったって言ってくださいよ」

厨房の物を盗んだと、後から責め立てられても困る。

ランフォスさんは「へーきへーき」とへらりと笑って、私が座っていた椅子に座った。

……本当に大丈夫かなぁ。

「じゃあ、炒めますかね。ニーナ様、本当に気をつけてくださいね」

キールは腕まくりをすると、熱したフライパンに油を引く。そしてまずはにんにくを炒めはじめた。

少し癖のある香ばしい匂いが台所に充満する。

これだけでお酒が飲めそうな香りだなぁ。

ごくんと喉を鳴らす私に、キールがなんだか楽しそうな視線を向けた。

「ここからどんどんいい香りになっていきますよ、ニーナ様」

「うう。お腹が耐えられるかな……」

にんにくがじゅうぶん炒められたタイミングでネギのような野菜が投下される。これは『クキ』という野菜だと、キールが教えてくれた。どこでも生える丈夫な野菜で、火を通すと少し強めの香りがするのが特徴らしい。食感は柔らかく、味に癖はないそうだ。

「生でも食べられるんですよ」

キールは少し残っていた生のクキを指先に挟んでこちらに差し出す。

それをぱくりと口に入れると、セロリのような香りと長ネギくらいの固さが伝わってきた。

なるほど、こういう味なのか。香りが強いから炒飯に合いそう。

「次は卵を入れてから……いよいよ主役の登場です」

卵を手際よく炒めた後に、キールは解《ほぐ》した蟹が入ったボウルを手に取る。そして……どさりと贅沢な量をフライパンに投下した。

「キール、そんなに贅沢に入れちゃうの⁉」

「入れちゃいます。そのために買ったので！」

レードルで具材がかき混ぜられる。そしてキールは……『あれ』を手にしたのだ。

「ああっ、そうだ！　それも入るんだった！」

「そうですよ、ニーナ様！」

キールが掲げたのはカレー粉だった。異世界でカレー風味のものが食べられるなんて、本当にすごい！

　適量がフライパンに入れられ、またしばらく炒められる。

　周囲の空気はカレーの匂いに支配され、匂いに刺激された空腹の胃がぎゅっと締めつけられた。

「お腹が空く匂いだなぁ……」

　ランフォスさんが食い入るようにこちらを見ながらぽつりと言う。

　気持ちは、すごくわかる。だけどもう少しの我慢だよね……！

　お米がどさりと投下され、具材と合わせるように混ぜられる。

「ニーナ様。塩と胡椒を取っていただいても？」

「わ、わかった！」

　調理場にあったそれらを手渡すと、キールは慣れた手つきでフライパンに投下した。

　すごいなぁ、キールの料理はいつも目分量で美味しいもんね。

「さて、そろそろスープの準備をするかな」

　ランフォスさんは椅子から立ち上がると、食器棚からスープ皿と炒飯用の平皿を出す。

　そして平皿をこちらに置いてから、鍋からスープを注ぎはじめた。

　ちらりと見たランフォスさんのスープもとっても美味しそうだ。

　ベーコンと玉ねぎというシンプル・イズ・ベストの組み合わせを想像し、胃がとうとうぎゅるると音を立てた。

「さ、できましたよ！」

「やったぁ！」

キールの言葉を聞いて私は歓声を上げた。

台所中にいい香りが漂っていて、もう待ちきれない気分だったのだ。

……獣人だったら尻尾が全力で振られていただろうな……という自覚はある。

濃い黄色に色づき、キラキラと輝いている炒飯がお皿に盛られていく。米粒の間からは蟹肉がごろりと見えていて、見た目からすでに勝ちしか見えない。

台所の端に寄せてあるおそらく使用人たちがご飯を食べる用のテーブルにお皿を運び、私たちは着席した。

「深夜に食べるには背徳感を感じるけれど美味しそう……！」

「たまにはいいんですよ、ニーナ様」

「うんうん、たまにはね」

お皿を自分の前に引き寄せる。そして私は手を合わせた。

「いただきます！」

勢いよく言うとスプーンを手にし、黄金とも言える色合いの米粒の海に沈める。そしてそれを引き上げると、そこには白い蟹の身がたっぷりと埋まった炒飯が掬《すく》い上げられていた。

「は……むっ」

大口を開けて炒飯を頬張ると、まず感じられたのは濃厚なカレーの香りだった。

その次に身がぎっしりとした、旨味がたっぷりの蟹のお味……！

それらの強めのアクセントに負けないクキの香りが、これまた全体の美味しさを引き上げている。

「お、美味し……！」

私は頬を押さえ、つい身悶えをしてしまった。それくらいに美味しいのだ！

何口か炒飯を食べた後に、ランフォスさんお手製のスープへと手を伸ばす。

スープは塩と胡椒、そしてコンソメで味つけられたシンプルなもので、その優しい味わいが少し濃い目の炒飯とよくマッチしていた。なんて見事な組み合わせなの……！

「美味しいねぇ」

「うん、美味しいですね」

ランフォスさんとキールも、口元を緩ませながら舌鼓を打っている。

……気心の知れた人たちと食卓を囲むのっていいなぁ。

「ニーナちゃん。今日は買い物に出てたけど、明日はどうするの？」

「んー決めてないんですよねぇ。滞在が延びることを想定してなかったので、結構買い物も済ませちゃいましたし。なにをしようかなぁ」

「滞在は、いつまでになるのですかね」

私たちの会話を聞いたキールが、ぽつりと漏らす。

このあたりの土地は神気の濁りが薄いから、私の存在が目立たないとはいえ……。

長期滞在をすると、なにか目立ってしまうような出来事が起きるかもしれない。

それは避けたいから、できるだけ早くこの街を出たいんだけどな。

「シルヴェストルが直轄しているこの街の自警団が盗賊たちを追ってるんだけど……。いくつかの犯行グループがあるんじゃないかって話だからねぇ」

ランフォスさんはそう言うと頬杖をついた。

……そっか、いろいろな犯行グループが動いているのか。それは見つけて捕縛するのに時間がかかりそうである。

「ふむ……。では周辺にいる盗賊たちとやらを、明日探して壊滅させてきましょうかね」

「キール⁉」

こともなげに言われたその言葉に、私は目を丸くした。

「キール、なにを言ってるの？　危ないでしょう！」

盗賊たちを壊滅させるだなんて……キールが怪我をしたらどうするの！

「たかが烏合の衆くらいでしたら、問題なく片づけられます」

進行方向に小石があって邪魔だから蹴飛ばしてしまおう、くらいの軽い口調でキールは言う。

その口ぶりから、それはキールにとって簡単に『できる』ことなのだということが感じられて、私は驚きに目を瞠った。

「まぁ、キールさんならやれるだろうけど。キールさんが討伐に行ってる間ニーナちゃんの護衛はどうするの？」

チャラいけれど『常識人』であるランフォスさんまで、キールが『やれる』前提で話をしている。

……聖獣って、そんなに強いんだ。

「僕がいない数時間、ニーナ様をお守りすることすら、ランフォスはできないのですか？」

キールはそう言うと、小馬鹿にするように鼻を鳴らす。

「うわ、辛辣ぅ」

ランフォスさんは苦笑いをしてからスープを一口啜った。

「ま、なんとかなると思うけどさ。俺もそこそこ強いし」

「じゃあ、任せます。ニーナ様の髪一本にでも傷がついていたら――」

「わかってるって！　ちゃんと守るから！」

……話が盗賊を討伐する方向にぐいぐいと進んでいる。

私は炒飯をごくんと飲み込んでから口を開いた。

「……怪我、しない？」

「しません！　ニーナ様、心配してくださるのですね！」

キールがふにゃっと嬉しそうに笑う。

その頬に米粒がついていたので、私は手を伸ばしてそれを取った。

すると大きな尻尾が嬉しそうにバフバフと揺れる。……こんな可愛い子が、本当に盗賊の討伐なんてできるのかな。

「キールさんの身の安全に関しては、あまり気にしないでいいと思うけどね。昔の文献では、聖獣がとある小国を滅ぼした……なんて記述もあるくらいだし」

「国を……」

ランフォスさんがなんだか恐ろしいお墨つきをくれる。

そんな力があるのだとしても……心配なものは心配なんだけどね。

「キール。怪我をしそうなら、絶対に逃げてね」

「はい、ニーナ様！」

「……お弁当を作って持たせてもいい？」

おにぎりがあれば万が一があっても怪我を治せる。持たせていれば安心だ。

「ニーナ様のお弁当、嬉しいです！」

「メインはいつものおにぎりだけどね」

「おにぎり、嬉しいです！」

キールはニコニコと嬉しそうに笑う。手を伸ばすと、反射のようにキールの頭が下がる。

その柔らかな髪を撫でながら、私は頬を緩ませた。

「じゃあ、今からお弁当を作っちゃおうか」

「はい、ニーナ様！」

キールの頭を撫でるのを止めて、皿にわずかに残っていた炒飯の残りを口に入れる。

明日はランフォスさんと二人だけか。

……あまりないシチュエーションだなぁ。

ちらりと見ると、視線に気づいたランフォスさんがパチリとウインクをした。

「明日は二人かぁ。二人で遊びに行く？　ニーナちゃん」

「部屋で大人しくしておきましょうよ、ランフォスさん」

「え～……」

お買い物は昨日終わらせたし、『安全』を考えるとそれが一番である。

なんだか残念そうなランフォスさんのことは、スルーしておこう。

「よし、じゃあお皿を洗ってからお弁当を作ろうかな。二人はゆっくりしててね」

食べ終えたお皿を手にして洗い場へと向かう。二人に夜食を作ってもらってしまったし、お皿くらいは私が洗おう。洗い場の壁に埋まっている青い石を押すと、設置された蛇口から水が出てくる。どういう仕組みなのかはわからないけれど、便利だなぁ。

「ニーナ様、一緒に洗います！」

「じゃあ俺はお皿を拭くよ」

「え。お夜食を作ってもらったし、お皿を洗うくらい私が……」

「僕がしたいんです、ニーナ様」

「そうそう、俺もしたいの」

お皿を洗おうとすると、二人もこちらにやって来て……。

結局三人並ぶようにして、お皿を洗ったり拭いたりすることになってしまった。

cooking 仁菜'sクッキングメモ memo

クキ。どこでも生える丈夫な野菜。火を通すと少し強めのセロリのような香りがするのが特徴。食感は白ネギくらい柔らかく、味に癖はない。

11皿目　深夜の延長戦～明日のお弁当作り～

「さて」

二人にお皿を洗うのも手伝ってもらってしまったし、お弁当は私が作ろう。

そう思いつつ、私はマジックバッグから取り出した材料と向き合った。

……と言っても、大したものは作れないのだけれど。

「なにを作るんですか、ニーナ様！」

キールが尻尾をバフバフと揺らしながら背後でそわそわとしている。これじゃさっきと状況が逆だなぁ。

「おかずは干し海老を入れた卵焼きと、お肉の炒めものを作ろうかなって。キール、お肉は羊でいい？」

「わぁ、美味しそうです！　嬉しいです！」

「お肉の味つけはどんな感じがいい？」

「塩胡椒がいいです、ニーナ様！」

尻尾の動きがどんどん大きくなり、強めの風圧まで感じられるほどになってきた。

……ちょっと喜びすぎなんじゃないかなぁ、キール。

「じゃ、俺もなにか一品作ろうかなぁ」

「……ランフォスがですか？」

のそりとこちらにやって来たランフォスさんを半眼で見ながら、キールが不機嫌そうな声を出す。

「キールさん、なんでそんな顔なの⁉」

「いえ、嬉しいですよ」

「まったく嬉しいって顔じゃないんだけど！」

そんな二人のやり取りを見つつ『いつものことだなぁ』と思ってしまう。うん、こんな二人のやり取りにもすっかり慣れたな。なんだか兄弟がじゃれついてるように見えてきたし。

「デザート用のプリンでも、作ろうかなぁと思ってるんだけど」

「プ、プリン……！」

『プリン』という魅惑の単語に、キールではなく私が反応してしまう。

ランフォスさんはくすりと笑うと、台所に置いてある箱から卵を何個も取り出した。

そして私の目の前にも『旅の食材から使うのはもったいないしね』といくつか置く。

「プリンはたくさん作って、明日のニーナちゃんと俺のおやつにもしちゃおうね」

「わぁ！　嬉しいです！」

「ふふ。ちょうどいい瓶とか置いてるかなぁ。おっ、あったあった」

プリンの容器にちょうど良さそうなガラス瓶を戸棚からいくつか出して、ランフォスさんはにんまりと笑った。

……なんというか、この屋敷のものを使うことに躊躇《ちゅうちょ》がない。それだけシルヴェストル様と仲がいいのだろうけど。

「よし、私もおかずを作るぞ！」

「ニーナ様、お手伝いします！」

「じゃあさっきのクキを刻んでもらっていいかな？」

「わかりました！」

……私が作るつもりだったのに、結局二人に手伝ってもらってるな。

そんなことを思いながら卵を三つボウルに入れてかき混ぜる。

男の子だしこれくらい食べるよね、うん。

卵液が滑らかになったところに干し海老をパラパラと投下し、キールが刻んでくれたクキを入れる。

そして塩胡椒を入れてから、またひと混ぜ。お醤油があればちょっと足すのにな。カレー粉が見つかったのだから、いずれ見つかる可能性もあるかなぁ。

ちらりとランフォスさんの方を見ると、こし器を使って卵液を丁寧に漉しているところのようだ。その手付きはプロの料理人と言われても違和感ないものだ。

こし器は木枠に縦横に糸が張ってあるもので、糸は馬の毛だとキールが教えてくれた。馬の毛ってたしか、筆なんかにも使えたよね。汎用性があるんだなぁと感心してしまう。

「よし、焼くぞ」

一声発して、小さめのフライパンを温める。さすがに卵焼き用のものは見つからなかったのだ。ちょっと形が不細工になるかもしれないけれど、勘弁してもらおう。

油を引いて卵液の三分の一くらいの量を落とすと、じゅわりと美味しそうな音が響いた。

「香ばしい香りがしますね、ニーナ様！」

羊肉や野菜を食べやすい大きさにカットしながらキールが声をかけてくる。

「そうだね。この干し海老、いい香り」

会話をしながらくるくると卵を巻いて、卵液をまた少し足してしばらく焼いてからくるくると巻く。

それを繰り返すうちに、卵は大きくなっていく。

卵焼きの作り方は、お母さんが教えてくれたんだよな。あれは小学生の時だっけ。

そんなことを思いながら、またくるり。

ふんわりと焼けた黄色い卵焼きからはピンク色の干し海老が覗いていて、色合いがとても可愛らしい。

出来上がった卵焼きをお皿に移してから、今度は肉炒めに取り掛かる。

……と言ってもキールが材料を切ってくれたので、あとは焼くだけなんだけど。

「ニーナ様、こちらをどうぞ！」

キールが大きなフライパンをさっとこちらに差し出し、卵を焼いた小さなフライパンは回収してしまう。

そして汚れたボウルと一緒に流しで洗いはじめた。……なんて気の利く子なんだ。

ランフォスさんはカラメルを作っているようで、コンロに置いた小鍋を真剣な目で見つめている。砂糖が煮詰められる時の甘い香りが周囲に漂い、私は小さく唾を飲んだ。

貴族の屋敷を賄うための台所なので、焼き場は当然広い。

ランフォスさんから二つ離れたコンロを確保し、私はフライパンを置いた。

……油が跳ねてカラメルに入ったら大惨事だもんね。

温まったフライパンでしばらくお肉を焼いてから、野菜を投下する。

入れた野菜はお昼に食料品店で買った玉ねぎとキャベツだ。あまり種類を入れすぎても雑味になっちゃうし、これくらいでいいよね。……彩りはちょっと寂しいけれど。

お肉の焼ける香りが台所に漂い、先ほど食べたばかりなのにお腹が『まだ入るよ？』と訴えかけてくる。

私はそれをなだめながら肉と野菜に塩と胡椒を軽く振った。

「いい匂いです、ニーナ様！　世界で一番美味しそうです！」

背後に立ったキールが上機嫌でそんなことを言ってくる。

肉と野菜を炒めただけで『世界一』は明らかに言い過ぎである。

毎日こんなに無条件に褒められると、単純な私は増長してしまいそうでちょっと怖い。

「キール、味見して？」

そう言いつつスプーンに載せたお肉を差し出すと、キールはぱくりと口にする。

「美味しいです、ニーナ様！」

そしてにっこりと笑って太鼓判を押されたので、私は安堵しながら肉野菜炒めをお皿に盛った。

ランフォスさんのプリン作りも佳境のようで、蒸し器で蒸している最中のようだ。

……出来上がりが楽しみだなぁ。

「おかずを詰める容器はあるかな？」

「ニーナ様、これを使ってください！」

キールがマジックバッグから、さっと蓋つきの籐《とう》で編んだ小箱を二つ取り出す。

それをよく洗ってから火魔法で軽く乾かして、まずは卵焼きを小箱に詰めた。

「お肉の下には、なにか敷いた方がいいよね……」

そのままだと、汁漏れとかしそうだし。

そんなことを思いながら肉野菜炒めに使ったキャベツの残りをひとまず敷いてみる。これでなんとかなるといいんだけど。

キャベツの上に肉野菜炒めを盛って、おかずは完成だ。

「さて」

炊飯器を開けると炒飯の残りの白米が入っていた。それをいつもの通りに塩むすびにする。

おにぎりは三個でき上がった。……これでキールのお腹は足りるかな。可愛い見た目だけれど、キールは案外よく食べるのだ。

もう一つの小箱におにぎりを入れると、誂《あつら》えたようにぴったりと収まった。

「美味しそうです、ニーナ様！」

キールは嬉しそうに笑うと、マジックバッグにいそいそとお弁当をしまう。

マジックバッグの中は時間の流れが緩やからしい。本当に便利だなぁ。

「ニーナちゃん、キールさん！　こっちもできたよ！」

ランフォスさんに声をかけられそちらに行くと、瓶に詰まったプリンが机に並んでいた。

「わ、美味しそう！　そして六個もある！」

「一人二つずつだよ」

「わー！　食べるのが楽しみです！」

「ニーナ様、僕だっておやつくらい作れるんですよ！」

プリンを見てはしゃいでいると、キールが拗《す》ねたように言う。

そんなキールの頭をひと撫でしていると、少しずつ眠気がやってきた。

「ニーナちゃん、眠そうだねぇ」

「……夜ですしね、仕方ないです。ニーナ様、後片づけをしてから部屋に戻りましょう」

お皿を洗い、シンクやコンロを綺麗にしてから部屋へと戻る。

客室に備え付けの洗面所で歯を磨いてから寝台に潜り込むと、キールも子犬の姿になって潜り込んできた。

そんなキールを抱きしめて、心地良い眠気に身を任せる。

「……あったかいね……」

胸に抱いたキールに声をかけると、『ワン』と小さな鳴き声が返ってきた。

12皿目　ランフォスのお手製プリン

「では、行ってきますね！」

翌朝。

キールは元気に言うと『盗賊退治』というあまり洒落にならない任務へと出かけて行った。

昨夜作ったお弁当を大事に抱えて出かけるその姿は、まるでピクニックに行くみたいだ。

屋敷の門前で遠くなる背中を見えなくなるまで見送っていると、大きな手がぽんと頭に置かれる。

見上げるとそこには、にこにこと笑みを浮かべたランフォスさんが立っていた。

「心配しなくても大丈夫だから。キールさんは、ニーナちゃんが思ってる何百倍も強いよ」

「そうですよね……それはわかってるんですけど」

『聖獣』は、女神が恩恵を与える『聖女』の護り手なのだ。

キールは私の想像の範囲を軽く超えて、いろいろなことができるんだろう。

だけど心配なものは、心配なんだよなぁ。

顔を曇らせていると、ランフォスさんが私の前に跪《ひざまず》く。そしてそっと手を取られた。

「姫、今日の護り手はこの私めです。信じて身を任せてはいただけませんか？」

ランフォスさんはそう囁くと、私の手の甲にそっと口づける。

……こういうキザなことが、本当に似合う人だなぁ。うう、恥ずかしいな。だけど。これはきっと、私を元気づけようとしてくれているのだろう。私はランフォスさんに、にっこりと笑ってみせた。

「じゃあ、守ってもらいましょうかね。まずは朝食の席まで！」

「わかりました、姫」

ランフォスさんは私の手を慣れた手つきで引くと、食堂へと連れて行く。……これは少し楽しいかもしれない。

「……なぜ、ランフォス様にエスコートをさせているんだ」

食堂に着くと、先に来ていたシルヴェストル様に苦い顔の見本のような顔をされた。

「俺はニーナちゃんの騎士だからね。エスコートをするのは当然のことだよ」

「まぁ！　素敵な騎士様がいて羨ましいですわ！」

リンカ嬢からは、反対に明るい声が上がる。そんな妹君にもシルヴェストル様は苦い顔を向けた。

……このご当主も、笑ったりするのかな。それはなかなか想像がつかないことだ。

「……もう一人はどうしたんだ？」

シルヴェストル様はキールがいないことに気づき、少し眉を顰める。

「キールには買い物をお願いしていて。もしかすると、今日一日家を空けるかもしれません」

「ふん、そうか」

自分から訊いたくせに会話を素っ気なく打ち切ると、シルヴェストル様はグラスに入った水を口にした。

詮索されても面倒なので、この素っ気なさはありがたくもある。

「さぁ、どうぞ。ニーナちゃん」

ランフォスさんはそっと椅子を引いてくれる。

そんなことをされたことがない私は、緊張しながら椅子に腰を下ろした。これは案外目測がつけづらいな。……私は高級なレストランなどには、行ったことがないのだ。

朝食は、パンとコンソメのスープ。そして香ばしく焼いた厚切りのベーコンのサラダだった。

――美味しい。

だけどやっぱり……量が足りない気がする。

ランフォスさんはそんな私の気持ちを見透かしたらしく、「部屋に戻ったらデザートがあるからね」と、こっそり耳元で囁いた。

「本日は昼に神官様がいらっしゃるので。その時間は必ずお部屋にいてください」

シルヴェストル様はそう言うと――ランフォスさんに目を向けた。

「んー。できるだけそうするよ」

ランフォスさんはそう言うとへらりと笑う。そしてパンを頬張った。

どうして、ランフォスさんに釘を刺すんだろう。

『女神教』の神官はこの世界での権力者だ。だから得体の知れない旅人である私が釘を刺されるならまだわかるんだけど……。

『貴族』の身であるランフォスさんは、神官たちと顔を合わせても支障がないんじゃないの？

そんなことを考えていると、シルヴェストル様と目が合ってしまう。

「……貴女もだ。部屋にいるんだぞ」

そしてぶっすりと釘を刺された。

『神官様』には興味がないし、いいんだけどね。別に。

「わたくし、神官様よりもニーナさんやランフォス様とお話がしたいのに……」

リンカ嬢はそう言うと、頬を可愛らしく膨らませる。

「……足を治したくないのか？」

そんなリンカ嬢に、シルヴェストル様は厳しい視線を向けた。

「治るなら神官様ともお会いすることもやぶさかではありませんのよ？　治るなら、ですけど」

そう言ってツンと顔を背ける妹を見て、シルヴェストル様は心底困ったという表情になる。

「神官様に祈っていただければ、きっと治る」

「はいはい、そうですわね。神官様が帰ったらお話ししてくださいませね、ニーナ様、ランフォス様」

リンカ嬢は兄を軽くいなすと、こちらににこりと愛らしい笑みを向けた。

……リンカ嬢とお話しするのはいいのだけれど、シルヴェストル様がすごい顔でこっちを睨んでるんだよな。

大丈夫ですよ、私は安全な旅人なので！　リンカ嬢になにかしたりはしませんから！

「……リンカ嬢の足って、治らないんですかね」

客室に戻ってランフォスさんお手製プリンを口にしながら、私はついそんなことをつぶやいてしまった。

ランフォスさんのプリン、美味しいな。まるでお店みたいな味だ。

「少なくとも、生臭神官の祈りじゃ治らないだろうね。無駄だとわかるまで、高いお布施を取られ続けるだけだろうなぁ」

ランフォスさんは飄々《ひょうひょう》と答えながらプリンを口にする。

「……心愛さんなら、治せますかね？」

いつになるかはわからないけれど。

心愛さんはいずれこの街に来るはずだ。その宿泊先は……この屋敷になるのだろう。

そしてシルヴェストル様は必死に、心愛さんにリンカ嬢の足の治療を願うはずだ。

「借り物の力でどこまでやれるかはちょっと未知数だよね。神気の塊みたいなおにぎり、なんてものを、そのココアさんは作れないだろうし」

「私の力なら……治せますすよね」

「……まぁ、治せるだろうけど」

綺麗な瞳でじっと見つめられ、言葉に詰まる。

「そりゃね、リンカ嬢の足が治れば嬉しいよ。シルヴェストルが何年も苦しんでいるのを俺は知っているから。そんなシルヴェストルを見て、リンカ嬢が苦しんでいるのもね」

『力』があるのに保身に走ることは——やっぱり醜いことなんだろうか。

『正体』は隠さなければならない。

だけど、実際に目の前で苦しんでいる人を見ると……助ける『力』があるのに使わないことへの罪悪感が募るのだ。

このことに関しての気持ちの折り合いを、私は見つけられずにいる。理屈ですべて片づけられればいいのにと思うけれど、なかなかそうもいかないのだ。

ランフォスさんはふっと笑うと、わしわしと頭を撫でてきた。

「だけどニーナちゃんが気に病むことはないんだよ。皆なにかを持っているからって、与えながら生きてるわけじゃない。それに身の安全が第一でしょう?」

「ランフォスさん……」

「ニーナちゃんに命を救われた俺が言っても、説得力がないけどねぇ」

そう言ってくすくす笑うと、彼はまたプリンを口にする。

私もプリンを口に入れて、ゆっくりとそれを味わった。

滑らかなプリンと甘くてほろ苦いカラメルの味が、ささくれ立った心を少しだけ癒やしてくれる。

「プリン、美味しいです」

「それは作った甲斐があったなぁ。今度はなにが食べたい？　作れるお菓子、結構多いんだよ」

「熱々のアップルパイが食べたいです。上にアイスが載ってるやつ！」

「じゃあ今度作ってあげるね。前の世界ではどんな食べ物が流行っていたの？」

「いろいろありましたよ！　硬めのチーズケーキとか……」

罪悪感を胸の奥底に押し込めながら、ことさら明るい声を出す。

ランフォスさんはそんな私の話を、優しく頷きながら聞いてくれた。


お昼も近づき、空腹感が胃に押し寄せてくる。

たぶんもう少ししたら、誰かがご飯を持ってきてくれるんだろうけど、それまではひたすら我慢である。

……キールはそろそろ、ご飯を食べているかな。

怪我をしてないといいな。ちゃんと無事でいて欲しい。いや、無事でないと困る。

そんなことを考えながら窓の側に立ち、外の景色に目を向ける。

すると……大きな馬車が屋敷に近づいてくるのが見えた。

「うわ、大きい馬車」

「……女神教のものだね」

いつの間にか背後にいたランフォスさんが、眉間に小さな皺を寄せながら言う。

馬車は屋敷の前に停車し、中から数人の白い服を着た男たちが現れる。

そして最後に降りてきたのは——。

商人を恫喝していた、あの老人だった。

「赤い布を巻いているのが、この街の教会で一番地位が高い大神官だよ」

ランフォスさんが、私が見ていた老人を指してそう教えてくれる。

言われてみれば、彼は一人だけ赤い布地をたすき掛けにする感じで巻いている。

あれがその『立場』の印なのだろう。

「ふつうは従神官……あの周囲の白い服の人たちね……しかこういう祈祷には来ないものなんだけど。領主のところだから特別に大神官が来てるんだろうな。——シルヴェストル、お布施破産しなきゃいいけど」

「えっ。あの人そんなにお金を取るんですか⁉」

お布施があるとは聞いていたけど、貴族が破産するような額なの⁉

私が目を丸くすると、ランフォスさんは苦笑した。

「……教会になにかを頼むと高くつくんだよ。地位の高い神官が出張ってくるならなおさらね」

「効果がなければ返金保証、とかないんですかね」

「効果がなければ『信仰が足りないせいだ』とこっちがなじられるだけ。それでも皆、不思議と納得しちゃうんだよねぇ。女神様自身に言われるならともかく……ほんとバカみたいだ」

そう言って顔を顰《しか》めるランフォスさんは、あまり信心深くはないのかもしれない。

「神官たちに力がないのも信仰が足りないからなんじゃない？　って誰も言わないんですね」

「路地裏の酒場なんかではよく言われてるけどね。面と面では怖くてとてもとても」

ランフォスさんは軽く肩を竦《すく》めた。

表立っては言えないけれど、裏で言っている人々は多いのか。

かく言う私も信心深くはないんだけど……そんな私が『聖女』なんだよなぁ。

大神官は堂々とした足取りで屋敷の入り口に向かっているところだ。

……昨日の商人たちはどうなったのかな。

そんなことをふと思ったけれど、私には知りようもないことである。

そこまでひどい目には遭っていないことを願っておこう。聖女の祈りなんだから、もしかすると届くかもしれないし。

「おくつろぎ中、失礼致します。入ってもよろしいでしょうか」

扉がノックされ、声がかけられた。そろそろお昼時なのでメイドが来たのだろう。

「入って」

ランフォスさんが許可をすると、一人のメイドが静々と部屋に入ってくる。そして予想の通りに昼食の準備をしていいかと訊ねてきた。そんなの、いいに決まってる！

「お、お願いしたいです！」

「そうだ。俺はよく食べるから、少し多めに持ってきてもらっていい？　二、三人分あっても嬉しいなぁ」

「わかりました」

メイドは頷き、綺麗な一礼をしてから去って行く。

「貴族の家って、食事の量が少ないから物足りないでしょ？　分けて食べようね、ニーナちゃん」

ランフォスさんはこちらを見ると、軽くウインクをした。あ、貴方が神か……！

これで、また空腹に耐えかねて夜食を食べる……なんてことにはならずに済みそうだ。……たぶん。

「貴族の人たちって、そんなに量を食べないんですか？」

「家や人にもよるけれど、大量にものを食べるのは品がいいことだとはされてないからね。俺は品がない男だから、家にいる頃からよく食べてたけど。ほら、シルヴェストルはあの通り堅物だから」

「なるほど……」

貴族のお食事は私には物足りない量だけれど、上品な人々にはちょうどいいのかもしれないな。

リンカ嬢なんて、毎食少し残しているし。

……もしかして私は、食べすぎなんだろうか。

そんなことにはっと気づいて、自分の頬を触ってみる。

うわ、前より肉がついてる気がする……！　気のせいだといいんだけどなぁ。

「ニーナちゃん、なにしてるの？」

「いや、少し食事の量を減らした方がいいのかなと……」

「減らさなくて大丈夫。それどころかもっと食べてもいいかも。まだまだ旅程は長いから、ちゃんと食べないと倒れちゃうよ」

「でもこのままだと……胃袋がものすごく大きくなりそうです」

私の言葉にランフォスさんはぷはっと吹き出す。

それを見て私は唇を尖らせた。乙女の切実な悩みを笑うなんて酷すぎる。

「ニーナちゃんはさ」

ランフォスさんがそっと手を握ってくる。

なぜそんなことをされているのかわからず首を傾げながら見上げると、綺麗な新緑の瞳と視線が交わった。

「いつも少しずつ、力を放出しながら生きてるんだよ」

ランフォスさんが感触をたしかめるかのように手をにぎにぎとしてきた。

ちょ、ちょっと！　恥ずかしいんですけど！　それにしても……。

「力を……放出？」

「うん、聖女様だからね。手のひらのこのあたりとか、特にほわほわとしてて温かいよね」

そう言いながら、ランフォスさんは手のひらの真ん中あたりをふにりと指で押した。

「体温じゃなくて？」

「うん、体温じゃなくて。前に言ったでしょ？　俺、ちょっと勘がいいって。ちょっと食べすぎるくらいじゃないと、旅だけじゃなくて、この力の放出で疲れちゃうよ」

彼はそう言うと、ぱっと手を離す。

男性に手なんて握られ慣れていない私は、安堵でほっと息を吐いた。

……キールといい、この世界の美形は接触過多すぎるなぁ。

「そういうものなんですね……」

手のひらを見つめて、握ったり開いたりしてみる。自分ではなにも感じられないから『力の放出』と言われても少し不思議だ。

要は……いつも自然に運動してるみたいなものだから、ちょっとくらい食べすぎても太らないってことかな。その事実に少し安堵する。

そんなふうに話していると、メイドがワゴンに昼食を載せて戻ってきた。

彼女はテキパキとした動作で、テーブルに食事を並べていく。

「わ、美味しそう！」

さまざまな具材を挟んだサンドイッチ、白身魚のムニエル……これはコーンスープでいいのかな？

異世界の食べ物は口に入れると違う食材だった、ということがちょこちょこあるからな。

ランフォスさんがお願いしてくれたおかげで、貴族基準だとおそらく三人前くらいの量がある。

これはお腹いっぱいになりそうだ。

それと温かな紅茶を置いてから、メイドは静かに去って行った。

「よし、食べようか」

「そうですね、ランフォスさん！」

私たちは、席に着いていそいそと食事に取り掛かった。

13皿目　聖獣のランチタイム

「さて……」

四つ目の盗賊団を壊滅させた僕は、切り株に腰掛けて心を躍らせながら昼食に取り掛かる。

今日はニーナ様の手作り弁当なのだ。それを思うとだらしなく頬が緩んでしまう。

ニーナ様お手製のおかずとおにぎりが詰まった二つの小箱は、ニーナ様の神気でピカピカと輝いている。

これを食べれば、百人力に違いない。食べなくても盗賊団ごときに後れを取るつもりは一切ないけれど。

ぱかりと開けた一つ目の小箱には昨夜ニーナ様が作ったおかずが鎮座しており、もう一つにはおにぎりが入っている。どちらもニーナ様の神聖な気配で満たされており、見ているだけで愛おしさが込み上げた。

ランフォスのプリンも入ってるけれど……まぁ、いいだろう。

「いただきます！」

ニーナ様から教えていただいた食前の挨拶をしてから、まずはおにぎりを手に取る。

そして大きな一口で頬張った。

「んっ……」

相変わらずの濃厚な神気の満たされ具合だ。こんな食べ物はこの世のどこを探しても他にはないと思う。

他の神の守護を受けた聖女は他国にも存在するけれど、『スイハンキ』という神器を持った聖女はニーナ様が唯一だろうからな。

……食事のたびにどんな不治の病でも治せる食べ物を作っているんだから、ニーナ様は本当にすごい。

『聖女』というだけでも希少な存在なのに、こんなものを生み出せるなんて知られたら本当に一大事だ。

僕がニーナ様をしっかりとお守りしないと……。

「ランフォスは大丈夫ですかね。きちんとニーナ様をお守りできているのかな」

不安な気持ちで心を揺らしながら、フォークで卵焼きを刺す。

ランフォスの腕自体は僕も信用している。けれど彼は……そしてニーナ様も。少し抜けているところがあるからな。要は二人ともお人好しなのだ。

まぁ、数時間のことだしな。何事もないと信じたい。

卵焼きからは、香ばしい干し海老の香りがする。心躍らせながらそれを口に入れると、優しい味わいが口中を満たした。

「……幸せの味がしますね」

ふわふわとした卵と、少し固めの食感の干し海老の相性は抜群だ。クキの香りもよく効いているな。

ニーナ様は料理の技術がないといつも嘆いてるけれど、僕はニーナ様のお料理が大好きだ。

一生懸命作ってくれていることが伝わるし、その気持ちがなによりも嬉しい。

次は肉野菜炒めを口にする。いい焼き加減の羊肉の満足感たっぷりの食感、そしてそれに合う、ほどよい塩気。

「やっぱり、幸せですねぇ」

僕をこんなに幸せな気持ちにしてくれる存在は、この世にニーナ様だけだ。

ずっと……ニーナ様のお側にいられたらいいな。

『聖女』と『聖獣』はその長い歴史の中で、さまざまな結末を迎えている。

男女として想いを通じ合わせて、幸せになった者たちもいた。

『聖女』に道具として使い捨てられ、孤独の中で死んでしまった『聖獣』もいた。

誰かと幸せになった『聖女』を見守る道を選んだ『聖獣』や、『聖女』を守りその命を落とした『聖獣』も。

……だけどどの結末に終わっても、彼らは『聖女』の対であることを幸せに感じていたのだ。

僕の中の『彼ら』の記憶が――それを知っている。

「僕とニーナ様には……どんな未来があるんだろう」

それを考えるとぎゅっと胃の腑《ふ》が締めつけられた。

僕はずっとニーナ様といたい。それは偽らざる本音だ。

だけどニーナ様がそれを拒むのなら――身を引かねばならないとも思っている。

そう……理屈の部分では思っているのだ。しかしニーナ様の一番でありたいと願ってしまう、貪欲な自分がいることも事実で。

「……よし」

食べ終えたお弁当の箱をマジックバッグにしまい、頬をパンと強めに叩く。

余計なことを考えずに、今は盗賊退治に集中しなくては。

空中に手を伸ばし、少し長めの呪文を詠唱する。

するとふわふわと、消えそうな色合いの光の糸が空に舞った。それは蜘蛛の巣のような網目になって広がっていく。

網の面積の広がりに合わせて、僕の意識が届く場所が増えていく。

一キロ、二キロ――東方向、三キロ先。そこに『悪意』を持つ集団の存在が感じられた。

網の反応から、これが最後だと思われる。

「さて、掃除に行きますか」

切り株から立ち上がり、僕はうんと伸びをした。

周囲を見回すと、花は美しく咲き誇り、緑は青々と繁茂している。空気も澄んで、清浄な神気で満たされている。

神気の濁りが少ない土地とはいえ、元からこうだったわけではないだろう。――これは明らかに、ニーナ様ご滞在の影響だ。

早く『掃除』を終えて、この土地を立ち去りたいな。ニーナ様の存在の影響が、これ以上この地に出ないうちに。

このひと仕事が終わって屋敷に戻ったら——ニーナ様にたくさん褒めてもらうんだ。

ニーナ様に褒めてもらう自分を想像して、僕は思わずにやけてしまう。

そして力強く——悪意の存在する方向へと地面を蹴った。

14皿目　女神教の来訪

蒸した鳥肉と野菜が挟まったサンドイッチにかぶりつきながら、私は至福の気持ちに浸っていた。

「美味しいですね！」

「これはホラン鳥かな。美味しいねぇ」

「ホラン鳥？」

「うん。平原に多く住む野生種の鳥で、二メートルくらいの体長なんだよ。飛べない鳥なんだけど、その脚力で逃げたり蹴りつけたりして外敵に対応するんだ。狼くらいだったら蹴り殺せちゃうから、結構怖い鳥だよね」

ランフォスさんがそんな豆知識を披露してくれる。

……まるでダチョウみたいだな。ちょっと見てみたい気もするけど蹴られたらまずいか。

そんなことを考えながら、またサンドイッチにかぶりつく。

『怖い鳥である』という生前の面影はまったくないなぁ……うん、お肉が柔らかくて美味しい。

「ん、こっちは兎肉のサンドイッチか。この肉質はかなり高級なものだね」

「わ、そうなんですか！　元の世界じゃ兎肉ってあまり食べる習慣がなかったんですよね」

「美味しいから、食べてみてよ」

「いただきます！」

勧められて私も兎肉のサンドイッチにかぶりつこうとした時――。

階下から大きな音が聞こえた。これは、なにかが割れる音？　そして男性の怒声が聞こえてくる。そしてそれに言い返しているらしい、女性の声も聞こえてきた。これはもしかしなくても……リンカ嬢の声かな。

サンドイッチを食べる手を止めて、ランフォスさんと私は思わず顔を見合わせた。

「神官たちってまだ帰ってないですよね？」

「そうだね、帰った気配は感じなかったよ。この騒ぎは神官たちが起こしてるのか――それとも侵入者でもいるのか」

ランフォスさんはそう言うと、膝にかけていた大きなナプキンを手に取った。それを顔に巻いて、目から下を隠してしまう。そしてポニーテールにしている長い髪も解いた。

……あっという間に、目の前のイケメンが不審者に早変わりだ。

「ランフォスさん？」

こういう布の巻き方って『ギャング巻き』って言うんだっけ。いや、なんでランフォスさんは顔を隠してるんだ。

私が目を丸くしていると、ランフォスさんは困ったように首を傾げた。

「いや、ね。心配だから階下の様子を見に行こうと思うんだけど……。神官は王都への出入りも多いから、俺の素性を知ってるヤツがいたら嫌だなーって」

「……素性を知られたくない理由があるんですか？」

「長く生きてるといろいろとね。ほら、女性関係とか」

茶化すようにランフォスさんは言うけれど……さすがにごまかされないぞ。

だけど……。

「ま、いいですけどね」

私だって『隠しごと』をしつつ旅をしている身だ。人ぞれぞれに事情があるのは仕方ない。

「私もついていっていいですか？　なにかあった時に、部屋に一人も怖いんで」

「んー、いいけど、俺の後ろで大人しくしててね？　怪我とかさせたら、キールさんに殺されちゃう」

「はい！」

シルヴェストル様はともかく、リンカ嬢が危険な目に遭っていないかが正直気になるのだ。

ちょっと様子を見て彼女が困っていたら——私はなにかできるのかな。

間に割って入る……くらいしか思いつかないけれど、それで収まるのかなぁ。

怒声はまだ続いており、物が壊れる音がまた聞こえた。

「よし、行こう」

「はい！」

そろりそろりとランフォスさんの後ろに隠れながら一階へと向かう。

部屋にいる時よりもクリアな声が耳に届き……私は気づいた。

これは――街で商人を恫喝していた老人――大神官の声だ。

「女神を愚弄するのか！」

「愚弄なんてしておりませんわよ！」

大きな大神官の声にも負けずなリンカ嬢の声が空気を揺らす。

彼らの声は、ある一室から聞こえているようだった。

私とランフォスさんは顔を見合わせた後に、その部屋へと近づいていく。

そろりと扉の隙間から部屋を覗き込むと、言い争いをする大神官とリンカ嬢。そしてオロオロと手をこまねいているシルヴェストル様と従神官たちがいた。

「信仰が足りないから足が治らない？　だからもっと金を寄越せ？　その理屈がまったくわからないと、言っているだけですわ！　それになんなんですのよ、この額は。我が家を破産でもさせるおつもり？　この女神の代行者気取りの守銭奴！　お兄様も唯々諾々と従おうとするんじゃないわよ！　この頭でっかちのおバカ！」

「こ、この小娘……！」

「お、おバカ……」

リンカ嬢が大神官を睨みつけ、大神官は唇を震わせる。

シルヴェストル様は妹に罵倒されて呆然としていた。……ちょっと可哀想だな。

大神官は青筋を立てながら杖を振り上げると、ローテーブルの上のカップを弾き飛ばした。

なるほど、物が壊れる音の正体はこれかぁ。彼の周囲には割れた壺の残骸やらもある。

「なんというか、凄惨だねぇ」

「……そうですね、ランフォスさん」

『信仰が足りない』なんて言われた上に、どえらい寄進《きしん》の額を突きつけられ、その上兄がそれに素直に従おうとしたため――リンカ嬢がキレた。そして大神官もキレた。この状況は、そんなところだろうか。

「おい、この小娘を牢にぶち込め！」

「大神官様、それは……。領主様のお身内に、そんなことをしては！」

大神官にとんでもない指示をされた従神官たちが、ギョッとした顔をする。

さすがにそのあたりの商人と領主の妹を同じ扱いにはできないらしい。

「神官様、それはご容赦を！」

シルヴェストル様も顔を青くし、大神官を止めようとした。

リンカ嬢はまったく怯みもせず、キッと大神官を睨みつけたままだ。……可愛らしい見目なのに、本当にいい度胸をしている。

「ええい、逆らうのか！　そのような不信心者たちには聖女様の恵みは降りてこぬぞ！」

そんな従神官たちやシルヴェストル様に、大神官が一喝する。

――おいおい、そんなわけないでしょ。

私は思わず胸の内で、ツッコんでしまう。

聖女の力ってあくまで『空気清浄機』みたいなものでしょう？

その場の空気を綺麗にするだけで『意地悪で誰かに恩恵を与えない』、なんて細かい選別ができるものではないと思うんだけど。

だけど、その実情を知っている人々が……どれだけいるのだろうか。

大神官の言葉を聞いた従神官たちは顔色を変えて我先にとリンカ嬢に手を伸ばそうとし、シルヴェストル様は壁に掛けてあった剣を手にして、その間に立ち塞がる。

武器を持った人間が間に入ったことで従神官たちは下手に手出しができず……その場は膠着状態となった。

シルヴェストル様が神官たちを傷つけるようなことになれば、またややこしいことになるんじゃないだろうか。この状況を……どうにかできないかな。

「ランフォスさん。私、なにかできませんかね？」

「ん、なにかって？」

小声でランフォスさんに訊ねると彼は私を見て小首を傾げる。

「こう、聖女パンチみたいな。やつらを追い払えるような強めの技とかないんですかね」

博識っぽいランフォスさんなら知らないかなぁと、ダメ元で訊いてみる。すると彼は苦笑いをした。

「そういう話は聞かないねぇ。ほら、戦闘はどっちかというと聖獣の役目というか」

「あーですよねぇ。聖女がマッシヴであれば、護り手は必要ないですもんね」

なるほど、と納得する。ということは、私にはやれることがないのかな。

しかしこの状況を放置するのもなぁ……。

「女神様〜。人々の信心を利用してお金をせしめようとする輩がいるんですよ⁉　もっとなにか、ないんですか！」

冗談のつもりで女神様に乞いながら、扉の隙間から手を差し入れ大神官に『ハッ！』と気合を打ち込む。

そう。こんなの冗談のつもりだったのだ。

「え……！」

手のひらが淡く発光し、すぐに強い光になる。そして一筋の矢のような光が放たれた。

それは大神官の胸を激しく打ち、彼はその場に倒れ伏した。

室内は騒然となり、光が発せられた扉の方へと目が向けられる。

そこには当然……呆然とした私と、ランフォスさんがいるわけで。

「は……え？　ランフォスさん、なんか出ちゃったんですけど⁉　話が違いますよ！」

『なにか』が出た手のひらと、ランフォスさんを交互に見ながらオロオロとしてしまう。そんな私に、ランフォスさんはにこりと微笑んだ。

「そうだね、なんか出たねぇ。いやぁ、出るもんだね。すごい、ニーナちゃん！」

「呑気に褒めてる場合じゃないですよね⁉」

「そこの女！　大神官様に危害を加えおって！　むっ、その男も怪しい見た目をしているな！」

従神官たちがいきり立ち、突然の出来事に対応しきれていないのか、シルヴェストル様とリンカ嬢はぽかんと口を開けてこちらを見ている。

そうですよね。王家と権威を二分するような『女神教』の神官に、いきなり魔法を打ち込むような人間なんて、この世界にはあまりいないのだろう。

「んー。危害を加える気はなかった……って言っても信じないよね？」

ランフォスさんが私を庇うように前に立ち、すらりと腰の剣を抜いて構える。どうしよう、私のせいでさらに事態の収拾がつかなくなってしまった……！

「いけません、ランフォス様！」

ランフォスさんを制止しようと声を上げたのは、シルヴェストル様だった。

「その女がやったのでしょう⁉　ならば、その女を差し出して終わりにすればいい！」

「いや～そういうわけにもいかなくて。ニーナちゃんは俺の命の恩人だしねぇ。そんな彼女を守るって誓いを立てたんだ」

「ランフォス様……！」

私にとっては恐ろしいことを提案したシルヴェストル様は、ランフォスさんの言葉を聞いて眉尻を下げる。

その時——倒れ伏していた大神官がむくりと起き上がった。

よ、良かった。ひとまず生きてた……！

「大神官様！　ご無事ですか⁉」

「あの者たちは今捕らえますすゆえ‼」

従神官たちがよろよろと起き上がる大神官に駆け寄り、その身を起こす。

大神官はじっとこちらを見た後に――ふるふると頭を振った。

「――不思議な気分だ。私は今までなにをしていたのだろう……」

先ほどまでの怒りの様子はどこへいったのか。大神官は妙に綺麗な瞳をしてそう言った。

その言葉と穏やかな様子に、私たちは目を丸くする。

――一体、どうしたんだろう。倒れた時に頭でも打ったのかな。

とにかく！　あんなものが出ると思ってやったことではなく、不幸な事故だったのだと弁明しないと！

アワアワとしながらランフォスさんの後ろに隠れている私からふっと目を逸らし、大神官はシルヴェストル様とリンカ嬢の前に立つ。そして深々と頭を垂れた。

周囲の人々は目を瞠《みは》り、大神官の次の挙動を恐る恐るという様子で見守った。

「シルヴェストル様、妹君。迷惑をかけてすまなかったな。妹君の足を治せないのは私の信心が足りないからだ。今までもらった寄進は返そう」

大神官の変わりように、シルヴェストル様とリンカ嬢はぽかんと口を開ける。私とランフォスさんも同じような顔をしているのだろう。

「皆、帰るぞ。修行の積み直しだ」

大神官は従神官たちに向き直ると、凛とした声音でそう言った。その様子は信心深い神の信徒の姿そのもので……先ほどまでとはまるで別人だ。

「え、あの。大神官様……」

「街の者たちから集めすぎた寄進も、返していかねばな。目先の欲に囚われ……私の心は汚れていた」

「大神官様⁉」

大神官は扉の側に立った私とランフォスさんには見向きもせずに横を通り抜けて行く。その後に続いて、バタバタと従神官たちも去って行った。

「……なにがどうなってるんだ」

シルヴェストル様が呆然とつぶやきながらこちらに目を向けた。リンカ嬢も首を傾げながら私を見つめる。

わ、私だってそれを知りたい！

「ニーナさんがあの生臭神官を追い払ってくださった、ということでいいのよね？　お兄様、ちゃんとお礼を言いなさいよ。無駄なことにお金を使って破産せずに済んだのだから」

「いや、しかしだな！　人心を操る魔法を使う女など、怪しいにもほどがあるだろう！　異国の魔女なのでは……？　まさか、ランフォス様も操られて⁉」

当たらずしも遠からずです、シルヴェストル様。異国の『魔女』ではなく、異世界から来た『聖女』だけれど。

ランフォスさんは剣を鞘《さや》に収めると、シルヴェストル様につかつかと近づいて行く。そして「んなわけないでしょ」と呆れたように言いながら、ため息をつきつつ彼の頭を軽くはたいた。

「ニーナ様！　ただいま戻りました！」

聞き慣れた声と嗅ぎ慣れた花のような香りがして、背後から強く抱きしめられた。

「キール？」

「ニーナ様、このあたりの盗賊団はすべて殲滅致しましたので旅が再開できますよ！　予定通り明日にこの街を出ましょう！」

まだお昼を二時間ほど回ったくらいだと思うんだけど。うちの聖獣はすごいなぁ。

キールの腕の中で体を反転させて向かい合う。すると『褒めて欲しい』という気持ちが溢れ出ているキールと視線が合った。

「大丈夫？　怪我はしてない？」

声をかけつつ、キールの頭を撫でる。すると彼は嬉しそうに、にこにこと笑った。

「はい、この通り無事です！」

キールはそう言うと胸を張る。目視で確認してみたけれど本当に怪我はなさそうだ。そのことに私は心の底から安堵した。

「……殲滅した盗賊たちはどうしたの？」

「命まで取るとニーナ様が悲しむと思ったので、ちゃんと動けない程度の怪我にして転がしておきました！」

動けない程度の怪我か……。結構な重傷なんじゃ、と思ったけれど、悪事を働いていたのだし仕方ないいか。

「そ、そう。お疲れ様、キール。ありがとう」

お礼を言ってさらに頭を撫でると、尻尾が激しい動きで振られる。うちの子は可愛いなぁ……

盗賊団を殲滅させて帰ってきたとは、とても思えない。

「――盗賊団を殲滅⁉　そんなバカな話が……」

呆然としていたシルヴェストル様が、掠れた声を上げた。

「バカな話と思っていただいて結構ですよ。というかなんですか、この部屋の荒れ具合は。ランフォス、そのおかしな仮装を解いて事情を説明してください。ニーナ様にお怪我はありませんよね？」

「えー。結構似合ってると思うんだけどなぁ」

「まぁ胡散臭いのは元々ですけど。ひとまず部屋に戻って、状況の確認です」

私の腕をぐいぐいと引いて、キールが部屋へと戻ろうとする。

そんな私たちの後ろから、ギャング巻きを解いたランフォスさんが唇を尖らせながらついてくる。

「待て……！」

去ろうとする背中に、シルヴェストル様からの声がかけられる。だけど……。

「話なら後でしょう？　シルヴェストル」

ランフォスさんが軽く手を振ると、シルヴェストル様は黙り込んでしまった。

……ランフォスさんには従順だなぁ、この人。

cooking 仁菜'sクッキングメモ memo

ホラン鳥。平原に多く住む野生種の鳥で、二メートルほどの体長。非常に好戦的。その鳴き声はけたたましく、敵の縄張りへの侵入をそれで知らせて周辺の仲間を呼び寄せる。飛べない鳥だが、その脚力はすさまじく蹴りつけられると無事ではすまない。

15皿目　聖獣の帰還

「……なにをしてるんですか、なにを」

ひと通り起きたことを話すと、キールから呆れた声が漏れる。

いつも優しいキールに呆れられた……その事実に私はしょんぼりと肩を落としてしまった。

もっと考えて行動すればよかったな。いや、でも手のひらからあんな光が出るなんて思ってもみなかったし。

「ごめんなさい……」

私はうなだれながらキールに謝罪した。

「いや、決してニーナ様に怒ったり呆れたりしているわけでは！」

するとキールは慌てた顔になる。そしてランフォスさんを睨みつけた。

「ちゃんとニーナちゃんの行動を制御できなかった俺に呆れてるんだよね、キールさんは。一つ間違ったら、ニーナちゃんの身の安全が脅かされたところだったし。もっと気をつけるべきだった。ごめんね、二人とも」

ランフォスさんはそう言いつつ、解いていたポニーテールを結び直す。

「そうですよ。まったくランフォスは……」

「いやぁ、でも。まさかあんなのが手から出るなんてねぇ」

「そうなんだよ、キール！　なんだったんだろう、ピカ――ッ！　って出たの！　あの人、大丈夫かな⁉」

大神官に情もなにもないけれど、後遺症が残るものだったらさすがに心が痛む。

キールは私の手を取ると……ランフォスさんが『力が感じられる』と言ったあたりをふにふにと揉んだ。

「手に浄化の力を集中させて放ったのでしょうね。害があることではありません。むしろ汚い心の洗濯になったんじゃないですかね」

「……あーだから、あんな様子になってたのか」

ランフォスさんが納得、という様子でうんうんと頷く。

心が浄化されてああなっただけなら……たぶん健康的な被害はないよね。キールの言葉を聞いて、私はほっと胸を撫で下ろした。

……この『ピカーッ』を私を捨てた王子や王様にやったら、大神官みたいに心が浄化されたりするのかな。そうしたら神気も濁らなくなるし、大団円なんじゃないの？

「まぁ、数週間もすれば効果は薄れるでしょうけど。人間の心の汚れは、しつこいものなので。いくら聖女様のお力といっても、なかなか落ちるものではありません」

キールはそう言うと、ふんと小さく鼻を鳴らした。

……そっか、効果は永続的じゃないのか。残念だ。

「我に返った頃には貯め込んでいた寄進は吐き出した後、か。逆恨みで追いかけようとしても追いつけないくらい遠ざかっておきたいね」

ランフォスさんがそんなことをしみじみと言う。

うう、それは怖い。早くこの街を出ないとなぁ。

だけど……。

結果論だけれど、あの言い争いが収まったのは良かったとは思う。あのままだとリンカ嬢がどんな目に遭わされていたかわからなかったし。シルヴェストル様と女神教の関係の悪化も一旦は防げた……と思うし。

ありがとう、女神様の浄化の力！

そんなことを思いながら、私は中断されてしまった昼食のサンドイッチを頬張った。

おお、兎肉ってこういうさっぱりした味なんだ。これはなかなか美味……！

「ニーナ様、僕も食べたいです」

キールがぱかりと口を開けながらおねだりをするので、皿から一個取って食べさせてあげる。

盗賊退治を頑張ってくれたのだから、今日はいっぱいワガママをきいてあげよう。

「ふふ、美味しいです！　ニーナ様！」

「良かったね、キール」

優しく頭を撫でると、キールは気持ち良さそうにその目を細める。そして顔を近づけると、ぐりぐりと頬ずりをしてきた。うわわ、近い！

「ニーナ様、ご無事で良かったです」

瞳を潤ませてそう言われると『近いので離れてくれ』ともなかなか言えない。

「……キールも無事で良かったね」

「はい！」

苦笑しながらそう言うと、キールは元気なお返事をした。

「盗賊の憂いもなくなったし。今日はゆっくり休んで、明日の朝に出立かな」

「買い物も終わりましたしね！」

ランフォスさんの言葉に、私はうんうんと頷いた。

たぶん買い物に漏れはないはずだ。特に食料品は買い物についてきていないランフォスさんが見たら、ちょっと引くくらいにあるかもしれない。

……旅の期間は長いし、問題ないよね。キールもランフォスさんもよく食べるから、案外途中で足りなくなるかも。

「じゃ、シルヴェストルに予定を伝えてくるよ」

ランフォスさんはそう言うと、ひらりと手を振って部屋を出て行った。

「そう言えば……ランフォスはなぜあんな格好をしてたんですか？」

ランフォスさんの足音が遠ざかってから、キールがそっと訊ねてきた。

「神官は王都への出入りが多いから、素性を知ってる者がいたら嫌だから……みたいなことを言ってたけど」

「ふむ……。なにを隠してるんでしょうね、あの男も。こちらに影響するような面倒事じゃなければいいんですけど」
キールはそうつぶやくと、眉間に小さく皺を寄せた。

箸休め　もう一人の聖女の話・その2（心愛視点）

体が軽い。今まで感じたことのないような軽さだ。

そして体内に爽快なくらいの『力』の奔流を感じた。


――私は『聖女』だ。


そんな自覚が体の隅々まで染み渡るほどの、『力』の煌《きら》めき。

今までの私は一体なんだったのだろう。蛹から蝶へと変化した……まさにそんな心地である。

滞在している屋敷のバルコニーに出ると、新鮮な空気を吸い込む。実に爽快な気分ね。

背後にはシラユキが静かに控えている。彼はずっと人間の姿のままで、子犬の姿に戻ることもない。そのことに、私は心の底からの安堵を覚えていた。

ジェミー王子にもシラユキが人間の姿を保てるようになった、という手紙を送った。と言っても私はこの世界の文字が書けないので代筆を頼んだのだけれど。

……返事はいつ頃来るのかな。喜んでもらえると、嬉しいんだけど。

彼のご機嫌を取ることは、私の将来にとってとても大事だ。

「良いお天気ですね、ココア様」

シラユキがこちらにやって来ると、清楚《せいそ》な笑みを浮かべながら言った。

この子は……本当に綺麗だな。ここまで人間離れした美貌だと、嫉妬する気も起きない。

手を伸ばして頬を撫でると、綺麗なサファイアの瞳がこちらに向けられる。そしておずおずと、手のひらに頬ずりをされた。その遠慮がちに甘える様子に、思わず頬が緩んでしまう。

もう片手で白い髪や愛らしい三角耳を撫でると、少し恥ずかしそうに白い頬を染められた。

「……気持ちいいです」

「じゃあ、もっと撫でてあげる」

「ありがとうございます、ココア様」

シラユキは礼を言うと、ふにゃりと嬉しそうに笑う。

無防備に自分に信頼を預けてくる存在と接するのは、はじめてだ。

それはある種の高揚感のようなものを感じさせた。

「聖女様、よろしいでしょうか?」

扉が叩かれ、声をかけられる。

「シラユキ、いい?」

「はい!」

シラユキは白い尻尾を揺らしながら、来客を迎えるためにパタパタと扉へと向かう。

薄布のドレス一枚だった私は、シラユキが来客の対応をしている間に上衣を羽織った。

「聖女様、ありがとうございます!」

やって来たのは、滞在している屋敷の主人だった。

彼は満面の笑みでこちらに来ると、私の手を取ってブンブンと振る。そんな様子にあっけに取られてしまう。

戸惑う私に気づいた領主は、こほんと咳払いをした。

「畑に……緑が芽吹きました。そしてどんどん成長しつつあります」

領主の言葉に私は目を丸くした。それから、じっと自分の手を見つめる。

今体に滾《たぎ》っているこの力が――その奇跡を起こしたのだろうか。

「私の力、ということでいいのね」

「そうです、聖女様。聖女様のお力です！」

独り言に領主の言葉が被せられる。

――それを聞いて、心が高揚した。

私は聖女だ。選ばれし者なのだ。この世界でのヒエラルキーの頂点に立てる。

こんなに力が身の内側に満ちているし、シラユキも人型を保てるようになった。

前の街では、少し調子が悪かっただけ。

これからは――きっと上手くやっていける。

「お役に立てて良かったです」

にこりと、清純さを意識しながら領主に笑ってみせる。彼は私の笑みに見惚れた後に、跪いて手の甲に恭《うやうや》しく口づけをした。

なんて清々しい気分なんだろう。こうやってこの国中の人々が、私を崇めるんだ。

「私は……聖女」

小さくつぶやき、喜びに口角を上げる。

その時の私は――気づいていなかったのだ。

シラユキがなぜか悲しげな瞳でこちらを見ていることに。

そしてジェミー王子からもらったネックレスが、不吉な鈍い輝きを放っていることにも。

16皿目　ランフォスとシルヴェストル（ランフォス視点）

「……ランフォス様。軽率な行動は慎んでください。顔を出すなと言ったではないですか」

「はいはい。相変わらずシルヴェストルは頭が固いねぇ」

眉間に一生取れなくなりそうな皺を寄せてお説教に入りそうなシルヴェストルに、俺は軽く返事をしてからへらりと笑ってみせた。

シルヴェストルは頭は固いが有能な男だ。

……しかし大切な妹のことになると猪突猛進となって周りのことが見えなくなり、その有能さは霧散してしまう。

病で亡くなった両親の忘れ形見であり唯一の家族なのだから、大事に思う気持ちは理解できるのだが……。

頼るところを間違えるほどに、目が曇るのは頂けないな。

「そもそもが、君が生臭神官に頼ったのが原因でしょう？　あんな物音がすれば気になってしまうよ」

――『女神教』は現状では『敵』ではない。

けれど俺の『正体』が彼らにバレていたら、確実に面倒事にはなっていただろう。

何世代も前から『王家』との力のバランスを変えたいと願っている『女神教』にとって、俺は喉から手が出るほどに欲しい駒だ。そんな彼らの前に姿を現すなんて、軽率なことをしたと自分でも思ってはいるけれど……。

昔からの友人とその妹が心配だったのだから、仕方ないじゃないか。

「それは、その……」

シルヴェストルは叱られた犬のような表情になると口ごもる。

「女神教のやつらは口が上手いからね。上手く丸め込まれたんだろう？　それはまぁ、仕方ないと思うけれど」

「……う」

「良かったね。全財産を巻き上げられずに済んで」

「…………はい」

シルヴェストルは一言答えてから黙り込むと、情けなく眉尻を下げた。

「……ファルコ様」

久しぶりに呼ばれたその名に、俺は顔を顰《しか》めた。人払いをしているとはいえ、口にするのは危険な名だ。

それは一年前——兄に殺されそうになったあの日に、捨てた名前。

この国の『王弟』という立場とともに捨てた名前だ。

今の俺はただの『ランフォス』で、シルヴェストルのように信用できる者を頼りに国中を転々としているだけの男である。

自分がどうするべきなのか――それもわからぬままに。

「その名では呼ばないでくれないか。誰が聞いているかわからない」

「はっ。申し訳ありません」

「それで、なに？」

用件をわかっていつつも、訊ねてみる。

するとシルヴェストルは真剣な瞳をこちらに向けた。

「王都にお帰りになる気はないのですか？　ランフォス様」

……そう言われるとは思ってはいたけれど。実際口にされると、なかなかに胃もたれする言葉だ。

「……難しいことを言うね、シルヴェストル」

「正しいものを、正しい位置へ。それは難しいことかもしれませんが、やるべきことです」

シルヴェストルは彼の父が亡くなり、その後を継ぐまでは王宮で仕官していた。

彼の父が『王弟派』だったのでその流れでシルヴェストルは俺に仕えることになり……交流を経て俺たちは友人になった。

その頃からシルヴェストルは、俺のことを買い被っている。

「今はタイミングが最悪なのはわかっているだろう？　民衆の支持は自分たちを救ってくれる『聖女』を喚んだ、兄と甥へとどんどん傾くだろうからね」

暴君である兄は民衆から嫌われている。甥はその傀儡で、悪い方向へと影響されてしまい……

兄のミニチュア版になりつつあった。

そんな彼らでも『聖女』を喚んだことにより、支持は回復に向かうだろう。

――その民衆が縋る『聖女』は、本物ではなく『残り滓』なわけだが。

俺は民衆が平和に暮らせるのであれば、誰が『王』でも構わないと思っていた。

けれど……。

肺に溜まった重たい空気を、ふっと吐く。

異世界から女性を拉致《らち》し、時には甘言を弄し、時には『首輪』で縛りつけて、自分たちが濁らせた神気の浄化をさせる。

そんな悪しき慣習で保つ平和が『正しい』わけがないんだよな。

それを『聖女召喚』の被害者であるニーナちゃんを間近に見ていて、しみじみと思う。

いずれは俺が蜂起し、新たな『被害者』が出るのを止めないと。

「……ニーナちゃんを隣国に送り届けてから、難しいことは考えるかな」

兄や甥のやったことの罪滅ぼし……というつもりはないけれど。彼女を自分の持てる力で守り、安全なところにたどり着くのを見届けたい。

兄や甥のことを考えるのは――その後だ。

「その。ニーナとかいう異国の女は何者なのですか？　あの力は一体……」

「俺の命の恩人……それだけだよ」

厳しい顔を作って『それ以上はなにも問うな』と言外に匂わせる。

するとシルヴェストルは、困惑の表情になった。

シルヴェストルにニーナちゃんの『真実』を知られれば、嬉々として『本物の聖女と王弟殿下の凱旋』なんていうシナリオを描いてしまうだろう。

そんな面倒なことに、この国の『被害者』であるニーナちゃんを巻き込めるか。

それにそんな手段を用いる王が即位しても、神気は濁るに違いない。その時はニーナちゃんに頭を下げて、この国の聖女をやってもらうのか？

それでは……ダメだろう。また同じ歴史の繰り返しだ。

この国の者の手で、正しい方向に国を導かないと。

眉間に皺を寄せて考え込む俺を、シルヴェストルが期待に満ちた目で見つめる。だからそんな目で見ても、今はなにも出ないってば。

17皿目　リンカとニーナの内緒のお話

ランフォスさんとシルヴェストル様の会話は長引いているようで、隣室へ彼が戻った気配はない。

整理するほどの荷物はないけれど、キールと一緒に明日の出立の準備をする。

「さて……」

……友人との時間を惜しんでいるのかな。

それを思うと滞在をあと一日くらい延ばした方がいいんだろうか……なんて気持ちになったけれど、『女神教』の神官にやらかしたこともあるし、一刻も早くこの街を出た方がいいもんね。

「ニーナさん、キールさん。入ってもいいかしら？」

リンカ嬢の声がして、愛らしい顔がひょいと扉の隙間から覗く。

頷いてみせると、いつものメイドに車椅子を押されたリンカ嬢が部屋へと入ってきた。

「……もういなくなってしまうのね。もっとゆっくりとお話をしたかったわ」

荷物が詰められたマジックバッグを見て、リンカ嬢が寂しそうな顔をする。

なんだか申し訳ない気持ちになって、私は眉尻を下げてしまった。

現状誰に追われているというわけではないけれど……一応は逃避行中の身なので、そのあたりはままならない身だ。私もリンカ嬢と、もっとお話ししたいんだけどな。

「さっきはありがとう、神官たちを追い出してくださって。わたくし本当は怖かったの」

リンカ嬢はそう言うと、にこりと笑った。

どれだけ堂々としていても十代の女の子だ。しかも足が不自由ともなれば、男性に逆らうことなんてどうやってもできない。

もっと早く助けてあげられればよかったななんて思うけど……助けられたこと自体が偶然だしなぁ。

「良かったです、怖い思いが長引かなくて」

「ええ、本当に。お兄様は頼りにならないし！　ねぇ、あの力はなんなの？」

「えーっと……東の国の秘術です」

「まぁ、そうなのね！　すごいわ、ニーナさん！」

時々冷や汗を垂らしつつ、リンカ嬢と笑顔で会話をする。

キールはそんな私たちを、微笑ましいという目で見つめていた。

リンカ嬢は……ふとため息をつく。それを見て、私は首を傾げた。

「本当にお兄様はバカなのよ。わたくし、足が治らなくても幸せなのに。本当に本当に、幸せなのに」

「リンカ嬢……」

「どうしたら……お兄様はわたくしのために、無理をするのを止めてくださるのかしら。これではお兄様が不幸だわ」

大きな瞳からポロポロと真珠のような涙が零れる。キールがそっと白いハンカチを差し出すと、リンカ嬢はお礼を言ってからそれで目元を拭った。

リンカ嬢の足を治したいシルヴェストル様。

シルヴェストル様に無理をして欲しくないリンカ嬢。

この兄妹は互いに想い合っているのに、その歯車は上手く噛み合わない。

――リンカ嬢の足さえ治れば。

きっと歯車は綺麗に回るようになるのだろう。そして私にはそれができるのだ。

キールをちらりと見ると、頭を小さく振られる。

だけど、だけど……！

「リンカ嬢……少し人払いを」

私がそう口にすると、キールは大きなため息をついた。

リンカ嬢は少し目を丸くした後に、こくりと頷く。そしてメイドに下がるようにと命じた。

「どうしたの？　ニーナさん」

「えっとですね。東の国の秘薬でその足を治せると言ったら……どうしますか？」

「……それはからかっているのではなくて？」

彼女はこてんと首を傾げる。私はそんなリンカ嬢に力強く頷いてみせる。すると彼女の表情が生き生きと輝いた。

「それは嬉しいわ！　さっそくお兄様に……」

「いえ、秘薬のことは内緒にして欲しいんです。できれば、一生」

「一生……。お兄様にも、ずっと？」

「はい。それを持っていると知られてしまえば、私たちはいろいろな人に追われてしまいますので」

「……そうね、この足が治るくらいに希少なものなんですものね。内緒にするわ」

両拳を握り締めて、リンカ嬢は力強い返事をする。それを聞いて私は安堵した。

「キール。おにぎりを作るから、炊飯器を出してもらってもいいかな」

「もう、ニーナ様は本当に……。わかりましたよ、リンカ嬢は悪い方ではありませんし」

唇を尖らせつつも、キールはマジックバッグから炊飯器を取り出してくれる。たぶん結界も張ってくれたんだろう。

……ごめんね、キール。いつもワガママで困らせて。

「今からとあるものを作ってお渡しします。それを食べたらリンカ嬢の足は治るでしょう。だけど僕たちが屋敷を出て……そうですね。数週間の間は足が治ったことを内緒にしていてください」

リンカ嬢の前に立つと、キールはそう言い含める。

「わかりましたわ。ニーナさんたちと足の治癒が結びつかないように、時間を空けるんですのね」

彼女はキールの言わんとすることをすぐに理解し、コクリと頷いた。

「そうです、くれぐれもよろしくお願いします」

そう言いながら、キールは炊飯器のスイッチをポチリと押した。

18皿目　シルヴェストルの屋敷からの出立

屋敷の門前でお別れの挨拶をすると、シルヴェストル様が小さく鼻を鳴らしながら小憎たらしい様子で言う。

「ニーナ様がお礼を言っているのに、無礼ですよ！」

「ふん、本当にな」

「それじゃあ、お世話になりました」

そんなシルヴェストル様に鼻白んだキールが食ってかかろうとするのを、私はシャツを引っ張って必死に止めた。

キールは不服そうだけれど……最後に言い合いなんて嫌だからね！

「あーその、なんだ」

「はい？」

シルヴェストル様になにか言いたげにもじもじとされ、私は首を傾げた。

「貴女のことを……私は怪しいやつだと思っている」

何度かの咳払いの後に、彼が口にしたのはそんな言葉だった。

……はい、存じておりますが。この人は一体なにが言いたいんだろうか。

「お兄様！」

シルヴェストル様の隣で車椅子に座っているリンカ嬢が、柳眉《りゅうび》を逆立てる。

そんな妹を横目に見て、シルヴェストル様は困ったという表情になった。

「だが……その。昨日のことは、助かった。あんな怪しい術で助けられたのは遺憾だが……」

耳まで真っ赤にしながら——シルヴェストル様はそう告げる。

その言葉に私だけではなく、皆も目を丸くした。

「お兄様ったら。助けてくれてありがとうございます、ってちゃんと言えばいいのに」

「……言った」

「言えてないわよ！」

兄妹のやり取りを見て、つい笑顔になってしまう。

シルヴェストル様は……過去の出来事のせいで『硬く』なってしまっているだけで、根は悪い人ではないのだろう。たぶん。

「じゃあね。また立ち寄るから」

「はい、ランフォス様。お待ちしています」

ランフォスさんが手を差し出すと、シルヴェストル様がしっかりと握る。

それを名残惜しげに離さないものだから、ランフォスさんが苦笑しながら無理に引き剥がしていた。

「ニーナさん、キールさん。いつかまた来てくださいませね」

私は屈み込んでリンカ嬢と目線を合わせると、その小さな手をぎゅっと握った。

「……また会えたら、私も嬉しいです」

『会いに来ます』とは言えないので、そんなふうに私は返す。

いつか……私の身の安全が確保できたなら、会いに来れたらいいんだけどな。

「次に会えた時には、話したいことが増えていると思いますのよ。……誰かさんの反応とか」

ちらりと兄に視線を投げつつ、リンカ嬢が悪戯っぽい笑みを漏らす。私もそれに釣られて『共犯者』の笑みを漏らした。

――昨日のことを、思い出しながら。

◇　◇　◇

「まぁ、これを食べれば足が治りますの？」

お皿に盛られた大量のおにぎりをしげしげと眺めて、リンカ嬢は首を傾げた。

「そうです。変なものは入ってないので食べてみてください」

そう言って安心させようと、自分で一口頬張ってみせる。

するとリンカ嬢は一息吐いた後に、おにぎりを手に取った。

その手が少し震えているのは、昔薬を口にして倒れたことを思い出しているんだろうか。

「その、無理なら……」

「いいえ、食べますわ！」

彼女は気合いを入れるように強い口調で言うと、その勢いのままにおにぎりにかぶりつく。

そして目を瞠ると、無言でおにぎりを食べはじめた。

「……リンカ嬢？」

「な、なんですの。この食べ物は……！　お、美味しいですわ！」

少食なリンカ嬢が、おにぎりをガツガツと貪っている。その光景に私は驚きを隠せなかった。

「ニーナ様の愛情が込められていますからね！」

キールが胸を張るけれど、たぶん違うよ。女神様のお恵みのお米と、手のひらから出ているらしい力のおかげだよ。

「愛情……これが愛情の味ですのね！　東の国の秘薬とは、愛なのですわね！」

……キールのせいで、リンカ嬢のテンションがなにかおかしい方向に向かっている。

でもまぁいいか、美味しそうに食べているから。

彼女ははふはふとおにぎりを頬張り、嬉しそうに破顔する。

あまりに嬉しそうに食べるから、作って良かったなぁと私まで幸せな気持ちになってしまう。

「ああ、美味しかった……」

あっという間におにぎりをたっぷり三個平らげたリンカ嬢は、そう言いながらお腹をゆっくりとさすった。

そんなリンカ嬢に、私はそっと手を差し出した。

「たぶん、もう歩けると思います」

「ほ、本当に？　たしかに体が軽くなった気がしますけれど……その」

「どうしました？」

「……歩けなかったら、またお兄様に負担をかけてしまいますわ……。それが、怖くて」

リンカ嬢は青い瞳を潤ませながら、体を小さく震わせる。

……期待通りにいかなかったらって想像すると、怖いよね。

「歩けますよ。さ、お手を」

キールも笑ってリンカ嬢に手を差し出す。

リンカ嬢はごくりと唾を飲んでから、私たちの手を片手ずつで取り……その両足に、力を込めた。

ふわり、と体が持ち上がる。そしてリンカ嬢は両の足で、しっかりと床を踏みしめていた。

「……えっと、これって。お二人が持ち上げているわけじゃ……」

リンカ嬢は困惑した顔で私たちを交互に見る。私は彼女を安心させるように微笑んでみせた。

「ご自分の力で、お立ちになっているんですよ」

キールがそう言って手を離す。わたしもそっとリンカ嬢の手を離した。

リンカ嬢は感覚を確かめるようにその場で小さく足踏みをする。そして表情をぱっと明るくした。

「すごいですわ！　ニーナさん、これでわたくし……」

青の瞳があっという間に潤んで、涙が次々に零れる。リンカ嬢は手のひらで、それをごしごしと乱暴に拭いた。

「お兄様に、無理をさせずに済むのですわね。嬉しい、良かった……」

自分の足が治ったことよりも兄のことで喜ぶリンカ嬢は、本当にシルヴェストル様のことがお好きなんだ。そして、妹の幸せを思って、ずっと尽くしてきたシルヴェストル様も。

……いい兄妹だなぁ。

元の世界の私と兄たちとは大違いだ。食事の時に一個余った唐揚げを巡って、醜い取り合いになるような兄妹だったもんな。それでも、大事だったけれど。

「約束通り、しばらくはご内密に」

キールが人差し指を唇に当てながらそう言うと、リンカ嬢も人差し指を自分の唇に当てる。

そして車椅子に座ってにこりと笑った。

「ええ、わかったわ！　わたくし、歩けるとバレないようにしっかりと演じてみせてよ」

「シルヴェストル様の驚く顔が楽しみですね」

「ええ、本当に！」

私とリンカ嬢は、シルヴェストル様の驚く顔を想像してくすくすと笑い声を立てたのだった。

◇　◇　◇

遠ざかっていく屋敷を時折振り返ると、リンカ嬢がまだ手を振っている。

それに手を振り返してから、私は前を向いた。

「……ニーナちゃん、なにか嬉しそうだね？」

思わず緩んでいたらしい私の表情を見ながら、ランフォスさんが訊ねてくる。

「そんなことないですよ？」

「ま、いいけど。……ありがとうね、ニーナちゃん」

彼はそう言うと、ポンと私の頭を撫でた。

私のやったことは、彼にはお見通しらしい。……ランフォスさんは本当に勘がいいな。

ランフォスさんには隠す理由もないし、別にいいか。

「ランフォス、ニーナ様の頭を気軽に撫でないでください」

キールが頬を膨らませながら、私たちの間に割って入る。

そしてバサリと、大きな地図を広げた。

「さて、次の目的地は……この街から二週間ほど歩いた先にある街になりますね」

「……間に大きな森があるんだね」

地図にある街との間に立ち塞がっている大きな森を見て、私はつい尻込みしてしまう。

「頑張りましょう！　ニーナ様！」

キールがぐっと握りこぶしを固める。

そうだね……私のために目立たないルートを取ってくれてるんだもんね。

大きな森くらい、頑張るぞ！

「ここの街には、名物とか特産品とかあるのかな」

「たしかこの街は、二代前の聖女様が伝授した『テンプラ』という食べ物が名物だったと思うよ」

ランフォスさんの言葉を聞いて私の瞳は輝いた。カレー粉に続いて、なんて素晴らしいものを残してくれているのだろう！　二代前の聖女様の聖女ライフのことが、少し知りたくなってきたなぁ。きっとものすごく料理上手な人だったのだろう。

「それは楽しみです！」

現金なもので、俄然やる気が湧いてくる。

私は天ぷらへの……いや、次の街への一歩を意気揚々と踏み出した。

あの『光』に胸を打たれた瞬間、心が一気に透き通り浄化されるのを感じた。

そして……今まで抱いていた、すべての『欲』が綺麗さっぱり消え失せたのだ。

従神官たちに闇魔法などで心を操られていないかと調べられたが、その手のものをかけられた痕跡は一切見つからず、彼らは一様に首を傾げていた。


――当然である。あれはきっと聖なる者の御業《みわざ》だ。


この感覚は、あの光に直に打たれたものでないと理解できないだろう。

だから従神官たちが見当違いなことを言っても、仕方がないのだ。

欲に任せて集めた寄進を教会の経営に必要な分だけ残して返していく。

従神官たちからは不平も出たが、『過ぎたるものは持たず』という女神様の教えを説けば渋々といった様子で納得はしてくれた。

牢に入れていた『不届き者』たちも、予定よりも早い日数で外へと出した。

女性たちと欲塗れに過ごしていた時間は、女神様への祈りへと費やすようになった。

満たされている――幸せだ。日々がこんなに愛おしいものだとは。

どうして自分は……あんなにも欲に駆られていたのだろう。

思い返せば、私は恥ずかしいことばかりしていた。

切実な想いで救いを求めていた、シルヴェストル様に対する仕打ちもそうだ。

おざなりに祈るフリをしながら、心の中では『いくら寄進をせびれるか』ということばかりを考えてばかりだったのだ。本当に私は……聖職者失格だ。

シルヴェストル様の屋敷で私に『光』を放った、黒髪の女性のことを思い浮かべる。

もしや彼女は――『聖女』なのだろうか。

いや『聖女』は今別の街にいると聞いている。では彼女は『聖女』以外の形での神の御使いか？　そんなものが、この世に存在し得るのか？

また彼女に会いたい……そして私の汚れた過去に対する懺悔を聞いて欲しい。

そう思ってシルヴェストル様の屋敷を訪れると――彼女はすでに旅立った後だった。

従神官たちを使って行方を追わせたが、大街道を使っていないらしく足取りはすぐに追えなくなってしまった。

時間が経つにつれて、胸に汚れた心が戻ってくる。

それが苦しくて、苦しくて仕方がない。

積もりゆく邪心を追い払おうと、私は毎日女神様に祈りを捧げた。

――しかしあの晴れやかな気持ちは、二度と訪れることはなく……。

私は神官の職を辞することにした。

このまま教会にいては……賄賂、差し出される女性たち、一言もっともらしいことを言えば舞い込む寄進。それらの誘惑に負けてしまうと気づいたのだ。

わずかに残った澄んだ部分を——また欲望で浸したくなかった。

神官の職を辞して、ただの老人となって床に就いた時。

私ははじめて——女神様の夢を見た。

茜《あかね》色の空が少しずつ宵闇に染まり、空気がじょじょに冷たくなっていく。そろそろ進むのが難しいと判断した私たちは、開けた場所で野営をすることにした。キールが「今日は寒そうなので焚き火を起こしますね」と言うと、テキパキと火を起こしていく。たしかに、今日は冷えそうだ。

周囲は鬱蒼《うっそう》とした木立ちに囲まれているけれど……ここはまだ次に越えるべき『森』ではないらしい。この世界は自然が豊かだなぁ。

「ダメだなぁ」

赤々と燃える焚き火を眺めながら、私は思わずつぶやきを漏らしてしまった。

するとキールが側にやってきて、ぺたりと体をくっつけてくる。

……キール、体温が高いな。温かくて、とても気持ちいい。

「なにがダメなのです？　ニーナ様」

「キールの忠告を無視して、人を助けちゃうこと……かな」

答えながら焚き火に手を翳す。

すると手のひらがじんわり温まり、私は「ほう」と息を吐いた。

「自身の身を守るためには、誰かに手を差し伸べるべきではないって、ちゃんとわかってるんだよ。だけど……」

ランフォスさんの時も、リンカ嬢の時も、助けたことに後悔はなくて。

それどころか自分が誰かの力になれたことが――私は嬉しかったのだ。

「ニーナ様……」

キールは複雑そうな表情で私の話を聞いている。

それもそうだよね。私の身の安全を一番に考えているキールは、こんな話をされても困るだろう。

「もちろん無差別に人を助けたいなんてことは思わないよ？　私、そこまで心が広くないもん。そんなに広かったら、王都に戻って聖女様をしてるよ」

知り合った人が困っていて、『たまたま』手が届いたから助けただけのこと。

そして、その『たまたま』を切実に欲しがる気持ちを……私自身がよく知っている。

仕事が辛くて毎日泣きながら過ごしていた時――私はずっと『誰でもいいから助けて』って思っていたから。

そんなことを私が話し終えると、キールはふっと息を吐いた。

「……『助ける』前には必ず僕に相談してくださいね。ニーナ様が目立たないような方法を一緒に考えるので。ニーナ様が目立たない方法が思いつかなければ、僕はその困っている人を見捨てる提案を必ずしますけど。再三言っておりますが、僕にとってはニーナ様の身の安全が一番ですから」

キールはそう言うと、ぐりぐりと甘えるように頬を擦り寄せてくる。

さすがに、ほっぺすりすりは距離が近すぎると思う！

顔をぎゅっと押しのけると悲しそうな顔をされて、『ほっぺくらいいいか？』みたいな気持ちになってしまう。こ、この甘え上手……！

「その。ありがとう、キール」

「いいえ。ニーナ様が困った人を見捨てられないお優しい方であることは、僕にとっても誇らしいことなので」

……いろいろな心労をかけてしまってるのに、キールこそ優しいよ。

「……迷惑ばかりで、ごめんね」

「謝らないでください。そうだ、手のひらから、あの光は出さないようにしてくださいね？　あれは目立ちすぎますので！」

「いや、出ると思わなかったんだってば！」

「ふふ」

キールは微笑むと、私の頬にそっとキスをした。だから、接触が多い！

「二人の世界に浸ってるとこ申し訳ないけど、そろそろご飯ができるよー」

フライパンで焼き物をしていたランフォスさんが、明るく声をかけてくる。

「ご飯！　今日はなんですか！」

「ふふん。ピザだよー、ピザ！」

ランフォスさんはそう言いながら、フライパンからお皿にピザを移す。

ほくほくと湯気を立てる焼き立てのピザを見て、私はゴクリと喉を鳴らした。

生地は薄めのクリスピータイプなのかな。うわ、海老が！　プリプリの海老が一センチ角に刻まれて載ってる！　よく見たら蟹の身も入っているし、トマトソースとチーズもたっぷりかかってなんて贅沢なピザなんだろう。

「ほら、食べて食べて。お酒にもきっと合うよ」

「ニーナ様。白ワインと蜂蜜酒、どちらがいいですか？　あまり飲みすぎると次の街に着くまでになくなっちゃいますので、一本だけですよ」

なんて究極の選択なんだ。だけど選ばなきゃ……！

「うう、じゃあ白ワインで……！」

「おつまみが足りなかったら、追加でなにか作るからね」

ランフォスさんはそう言うと、ピザを切り分けながら太陽のような笑みを浮かべた。

美味しい食べ物に、美味しいお酒、そして眩しい美形二人。……これで逃亡生活じゃなかったらもっといいんだけどな。

「「「いただきます」」」

三人で手を合わせて、食事の前の挨拶をする。そして私はピザへと手を伸ばした。

「熱いから気をつけて、ニーナちゃん。あっ、チーズを結構載せてるから、垂れるからね！」

「ふぁ、ふぁい！」

生地を少し曲げるようにして、中の具材が零れないようにしつつピザへと齧《かじ》りつく。

すると熱々の海老と蟹が、その香ばしさを誇示してきた。

はー……この磯の香りが最高なんだよな。チーズにもとっても合う！

生地もパリパリで香ばしくて、本当に美味しい！

しばらくピザの味を楽しんでから、白ワインを口にする。

「ぷは……！」

ピザとワインという組み合わせを生み出したのは誰だ。最高にもほどがある！

「……幸せだねぇ……」

思わずそんな言葉と笑みが零れてしまい、それを聞いたキールとランフォスさんが笑う。

……こんな幸せな時間が、ずっと続けばいいのになぁ。

美食とお酒に酔いしれながら、私はまだ見ぬ旅路へと思いを馳せた。

21皿目　聖女からの手紙（ジェミー視点）

「ジェミー王子。聖女様から、早馬でお手紙が」

「……聖女様から……か」

巡礼の最初の街では、じゅうぶんな成果が出せなかった『聖女様』からの手紙か。……中にはなにが書いてあるのだろうな。まさかすべて愚痴などではないだろうな。

鉛のように重い気持ちで、私は部下から手紙を受け取った。

……私の面子を潰さないように、きちんと働いて欲しいものだが。

ただ美しく、男に媚《こ》びるのが上手いだけの女なら、そこらの娼館にも掃いて捨てるほどいる。

『聖女』としての力がないなら――あの女には価値がないのだ。

「……叔父上に関する報告はないのか？」

控えたままの部下に訊ねてみる。私が喚び出した聖女の力が弱いという噂が広まれば、それを口実に誰かが叔父上……王弟ファルコを担ぎ出しかねない。いや、確実に担ぎ出すだろう。

そんなことになる前に――叔父上には消えてもらわねば。

「今のところ、新しい報告は……」

その言葉を聞き、表情は自然に苦々しいものになる。まだ見つからないのか。叔父上が逃げたのは、もう一年も前なんだぞ。

「引き続き探せ」

あの食えない男のことだ。市井に紛れてのらりくらりと立ち回っているのだろう。本当に忌々しい。きちんと始末できなかったことが悔やまれる。

連れ帰って拷問にかけ、叔父上を匿った者たちのことを吐かせてから始末せねば。

……どうして、いろいろなことが上手くいかないのだろうな。

苛立ちに押し出されるかのように、つい舌打ちをしてしまう。ココアさえ、ちゃんとしていればば……。

ふと脳裏を、黒髪の女の面影と嫌な可能性が過る。

聖女召喚の儀では、もう一人――女が喚び出されていた。

聖獣も連れておらず、ボロボロの見た目をしていた……名も訊いていない女。

あの女が、『本当の聖女』だった可能性はないか？　そうであれば私は、とんでもない取り零しをしたことになる。

その考えは……胸のあたりに嫌なざらつきを生んだ。

あの女は……今はどうしているのだ？

「……あの日、ココアと一緒に召喚された女だが、足取りを知る者はいないか？」

「いえ、そのような話は……」

それもそうか。王都から追い出し、それきり追いもしていないのだから。

「足取りを追え。あのような目立つ姿なのだ、すぐに見つかるだろう」

「はっ」

明らかに『この世界の者ではない』服装のあの女は、よく目立つだろう。足取りを追うのは容易なはずだ。……盗賊にでも襲われて、もう命を失っている可能性もあるが。あの女が本物だった場合を考え、一応手元に置くべきだったか。

「くそっ……」

腹立たしさに任せて握りしめた手の中にあった手紙が、カサリと音を立てその存在を主張した。

……ろくなことは書いていないだろうが、一応見ておくか。

そう思いながら畳まれていた手紙を開き、そこに書かれた文字を目で追う。

「――――！」

しかし……その手紙の内容は、いい意味で私の期待を裏切るものだった。

手紙を読み進めるにつれて、唇は笑みの形に変わっていく。

そうか。あの寝てばかりで役に立たない聖獣が、人型を取れるようになったのか。それはココアの『聖女』としての力が強まりつつある印だろう。素晴らしいことだな。

……次の報告まで油断はできないが、少しは安心できる。

これで黒髪の女のことはもういいか？　いや……。

黒髪の女の足取りも、念のために追わせよう。

ココアになにかがあった時の『スペア』として使えるようなら、城へ連れ戻し今度は貴人として丁重に扱わねば。首輪は、しっかりと着けさせてもらうが。

——手元にある道具は、多ければ多いほどいいからな。

黒髪の女も聖女であれば、父の……そして私の治世は安泰だ。

聖女二人を手中に収めた者は、これまでの歴史で誰一人としていないのだから。

その偉業は……大陸の端々まで轟くだろう。

それを考えると、機嫌は自然に上昇していく。

そうだな。ひとまずはココアへの返事でもしようか。

大げさに喜んでみせれば、あの可愛らしく計算高さを内心に隠しているつもりの異世界の女は、きっと喜ぶに違いない。

番外編《べつばら》1　聖獣と旅人風、猪肉と葉バラのフォー

「……麺が食べたいなぁ」

「麺？」

私がつぶやいた言葉にキールとランフォスさんが反応する。キールはランフォスさんとハモってしまったのが嫌だったのか、顔をしかめてランフォスさんを睨みつけた。……キール、それはさすがに逆恨みだと思う。

「うちの食卓って、どうしてもお米中心になるでしょう？　お米も美味しいけど、たまには麺が食べたいなぁって……思っただけだよ。うん、食べられるとは思ってない」

ここは険しい山中。リーボスの街へ向かう途中の、縦走《じゅうそう》登山開始から三日目の夜である。

麺を現状、私たちは持ち合わせていない。小麦粉も麺を作るほどふんだんにあるわけじゃないし、これは願望を口にしただけである。

次の街で乾麺が手に入らないかなぁ。

手に入れば、キールとランフォスさんがきっと美味しい麺料理を作ってくれる。

「米から、麺を作れませんかね……」

キールが顎に手を当てて考え込む様子で言う。

米粉から作られる麺と言えば、フォーというイメージだ。つるりとした食感で美味しいよね。

私はグリーンカレーのスープに入っているものを好んで食べていた。

「作れるだろうけど、米粉をまず作らないといけないから……時間がかかるよねぇ」

お米を水に数時間漬けて、乾かして、オーブンで焼いて潰すんじゃなかったかな。実家の母はそうやって作っていた。そんな手間がかかるものを、旅の途中に作るのは無茶だ。

……米粉自体が、炊飯器に顕現《けんげん》したりしないかなぁ。

「ものは試し、かな」

私は炊飯器に両手を添え……、

「女神様。白米じゃなくて米粉をください。同じ成分ですし、ちょっと融通が利きませんかね」

私はぶつぶつと、そう念じてみた。そんな私の様子を、キールとランフォスさんが興味津々という様子で見つめている。

「よし……」

開けて様子が変わらなかったら、諦めがつく。そんなことを思いながら炊飯器の蓋を開けると……中には真っ白な米粉らしき粉が大量に入っていた。

「わぁ！」

女神様、すごい！　意外と融通が利くなぁ！

これは『パエリアが食べたいです！』と念じたらパエリアが出てきたりするんだろうか。そう思って後日試してみたけれど、それは女神様的に不可のようだった。

……そうですよね。手抜きは良くないですよね。

「すごいねぇ、こんなことができるんだ！」

ランフォスさんが、炊飯器いっぱいの白い粉を見ながらはしゃいだように言う。

「すごいですね、ニーナ様。これでいろいろなものが作れそうです」

キールもふんふんと頷きながら、興味深そうに米粉を手に取ったりしている。そうだね、米粉パンや米粉ピザ、米粉パンケーキ……作れるものが広がりそうだ。

さて。ここで問題なのは米粉の麺の作り方である。

私はフォーの作り方を知らない。ふつうの麺と同じように、卵を混ぜて作るのかな。

「上手くいくかはわかりませんけれど、麺を作ってみますね」

そう言ってキールは木の深皿に粉を四分の一程度移す。そしてマジックバッグから取り出した、別の粉と塩を混ぜはじめた。

「キール、それは？」

「芋のでんぷん質を集めて乾かしたものですね。スープにとろみをつける時などに使います。今回はつなぎにと」

……なるほど、片栗粉か。私はふんふんと頷いてみせた。

キールはお湯を足しながら、強い力で生地を捏《こ》ねはじめた。最初が粉っぽかった生地は、じょじょに滑らかになっていく。滑らかになったところで丸め、麺棒で丁寧に薄く伸ばす。そしてキールは、生地を均等な太さに刻んでいった。

「ニーナ様。ミルクパンにお湯を沸かしていただいても？　ランフォスは麺に合いそうなスープを作ってください」

「わかった！」

「今日は俺、食事当番じゃないのに……」

文句を言いながらも、ランフォスさんはスープを作りはじめる。スープには葉野菜と薄切りにした猪肉を入れているようだ。

この葉野菜は急速に成長したものを、村人さんたちがくれたものだ。黄色のレタスのようなそれは『葉バラ』と呼ばれていた。たしかに見た目は大きな薔薇のように見える。

食感的にはキャベツとレタスの中間というか、しっかりとした食感のレタス……という感じだ。生食でも食べられるし、こうやってスープに入れても美味しい。

「さて」

キールは私が沸かしたお湯で麺を少し茹でると、お湯を捨てて水魔法で麺を締める。麺はうっすらと透明感を持ち、つるりとした爽やかな雰囲気を漂わせていた。

というかこれって……。

「フォーだ」

私はつい、そうつぶやいていた。片栗粉を混ぜて作るとフォーになるのかな。じゃあもしかして、卵を混ぜると平打ち麺のパスタやうどんっぽくなる？　これはすごい！　食卓のバリエーションが一気に増える！

「フォー?」

私の言葉を耳聡く聞いたランフォスさんが、首を傾げる。私はこくこくと首を縦に振った。

「私の世界では、こういう透明感のある米粉の麺をそう呼んでたんです！」

「へぇ、そうなんだ。面白いね」

ランフォスさんはそう言って微笑むと、スープの味見をして満足そうに何度も頷く。その様子からスープの出来の良さが想像できて、私の喉はごくりと鳴った。

「できたのなら、どいてください」

キールはツンとしてランフォスさんに言うと、彼の代わりに鍋の前に陣取った。そして麺を器に盛って、その上からスープを注ぐ。

キールは三人分を盛り終えると、器をこちらに渡す。器の中を見て、私は思わずため息を漏らした。

「ふぁあ……」

すごい。あちらの世界のフォーが再現されている。

パクチーやナンプラーがないのが少し残念だけれど、そのうち代用品も見つかるかもしれないよね！

「キール、ランフォスさん、ありがとう。これ、絶対に美味しいね！」

「それは食べてみるまでわからないですよ、ニーナ様」

「スープの味つけはシンプルだよ。ご期待に沿うことはできるかなぁ」

料理上手二人は私の様子に、少し照れたような笑いを漏らす。そんな二人を見て私もつい、ににこにこと笑みを浮かべてしまった。

「じゃあ、いただきます！」

勢いよく言った後に、フォークに麺を絡めて引き上げる。するとつるりとした滑らかな麺が、周囲を照らすのに使っているキールの光魔法の灯りを反射して煌《きら》めいた。

ちゅるりと啜《すす》った麺は、乾麺から戻したフォーよりも少し柔らかめの食感を伝えてくる。その麺に絡む、塩胡椒とコンソメで味つけられたシンプルな味つけのスープの絶妙さ！　シャキリとした葉バラの食感が、それに彩りを添える。猪肉はほろりと崩れ、深い旨味を染み出させた。

「は、はふ」

熱い。食べながらじわっと汗が滲む。だけど、これがいい。

麺をはふはふと言いながら無心に食べているその瞬間は、幸せそのものだ。

「はー……。まぁまぁです、まぁまぁ」

キールはスープを啜りながら実に満足げな顔で『まぁまぁ』を連呼する。……これはもしかしなくても、ツンデレというやつだろうか。指摘すると否定するだろうから、言わないでおこう。

「うん、美味しいね。こういう変わった風味の麺もいいなぁ」

ランフォスさんは素直に麺の出来に称賛を送りながら、美味しそうにスープを啜る。

「明日は米粉のパンケーキが食べたいなぁ」

「では、作りますね！　ニーナ様！」

私のぽつりと漏らした言葉に、キールがすぐに反応する。

そんな私の聖獣の頭を撫でると、彼は嬉しそうに少し声を立てて笑った。

cooking 仁菜's クッキングメモ memo

女神の米粉。ニーナの炊飯器より生まれし、女神が生んだ米粉。さらりとしたその上質な粉はさまざまな料理に応用できる。そして願えば餅が出ることを、ニーナはまだ知らない。

リーボスの街を出てから早二日。

森の中に入った私たちは、代わり映えのしない風景の中をひたすら歩いていた。落ち葉が積もった地面は歩きづらく、地味に体力を削られる。

「……歩きにくいなぁ」

「ニーナ様。抱っこでもしましょうか？」

「だ、大丈夫だよ！」

キールの体力は人間よりはあるのだろうし、本当に疲れて動けなくなった時にはお願いしたい
……そんな気持ちがむくりと湧く。けれど私はその甘えた心を、頭を振って振り払った。

いつもお世話になってるのに、これ以上の迷惑はかけたくないのだ。

「……辛い時は、ちゃんと言ってくださいね」

心配そうにキールが顔を覗き込んでくる。

「そうだよ。無理をして倒れたら元も子もないからね」

ランフォスさんもそう言いながら、優しい笑みを浮かべた。……二人とも、本当に優しいな。

「ありがとう、二人とも」

私は二人にお礼を言ってから、また足を動かした。

「楽しいことでも考えてると、疲れが紛れるかもしれないよねぇ」

「楽しいこと……」

ランフォスさんの言葉を聞いて、私は思考を巡らせる。この旅での楽しみと言えば、やはり食事である。今日の晩ご飯はなんだろう。せっかくカレー粉があるし、カレーライスが食べたいなぁ……。

「カレー……食べたいなぁ」

「カレー粉を使った料理が食べたいのですか？　ニーナ様」

ぽつりと漏らした一言を、キールが耳聡く拾う。

「うん。せっかくカレー粉があるし、カレーライスが食べたいなぁ」

「カレーライス……。二代前の聖女様が愛したという、伝統料理ですね。わかりました！　今晩作りましょう！」

そう言ってキールは胸を張った。

カレーライスはこの世界では『伝統料理』扱いなのか。お米の質が違うから、この世界では食べ方としてあまり定着しなかったのかもしれないな。日本独自のカレールウには、やっぱりもちもちとしたお米が合うのだろうし。

インド系のスパイスが利いたカレーにはインディカ米が合うんだけどなぁ。

……それにしても、今夜はカレーライスなのか。

すごいな、晩ご飯がカレーというだけで気力が段違いに湧いてくるぞ！　キールのカレーだったら、絶対に美味しいし！

「キール、ありがとう！　すごく楽しみ！」

「楽しみにしていただけて、嬉しいです」

満面の笑みをキールに向けると、頬を染めた嬉しそうな笑顔が返ってくる。

「カレー、カレー♪」

私は鼻歌を歌いながら、さくさくと軽快に足を運んだ。キールとランフォスさんが子供を見守るような優しい目をしていることは、この際気にしないことにする！

◇　◇　◇

「じゃあ今日はこのあたりで、野営にしよう！」

「やったぁ！　野営！」

ランフォスさんの一声を受けて、私は喝采を上げた。野営だ！　そしてカレーライスだ！

季節は冬に少しずつ近づき、日が落ちると肌寒い。今日もキールが要領よく焚き火の用意をしてくれたので、私はその前で暖を取った。はぁ、温まるなぁ……。

「カレーライスの作り方はたしか……」

キールが思案顔でマジックバッグから材料を取り出す。じゃがいも、人参、玉ねぎ……材料を見ているだけで胸が躍るなぁ。

入れるお肉は牛じゃなくて鳥なのだそうだ。旅の道すがらいつの間にか仕留めていた鳥……のお肉をマジックバッグから出しながら、キールがそう教えてくれた。

牛じゃなくて鳥なのは……二代前の聖女様のおうちカレー事情が由来だったりするのだろうか。

実家のカレーも豚が入ってたり鶏が入ってたりで、牛が入ったカレーにはあまりお目にかからなかった気がする。うちは家族が多かったからなぁ。牛で作っていたら家計が大変だったのだろう。

「俺もなにか作った方がいい？　カレーライスって載せるものがあったりする？」

ランフォスさんがそんなことを訊ねてくる。

カレーに載せるものかぁ……。

「贅沢が許されるなら、海老フライを載せたいですね」

揚げ物とカレーの組み合わせは最高だ。オーソドックスなのはカツカレーなのだろうけど、稀にお目にかかる海老フライカレーも美味しいよね。

「了解、じゃあ美味しいのを作るね。こっちの世界のフライと、あっちの世界のフライって差はないのかな？」

「ああ、たしかに……！」

『フライだよ』って言われて海老の素揚げを載せられたら、少しどころじゃなく困惑してしまうかもしれない。それはそれで、美味しいとは思うけれど。

ランフォスさんと互いの認識を確認すると、想像していたものが同じだったので私はほっとした。

「海老フライカレー、すごく楽しみ！」

「ニーナ様は、お体を休めていてくださいね」

キールはそう言うと、地面に敷いた布の上に私を座らせた。そしてお茶を淹れるとこちらに手渡してくる。これは街で買い足した茶葉かな。ミントみたいな香りがして爽やかな味わいだ。

「美味しい。温まるなぁ……」

両手でカップを包むようにして、お茶を啜る。内側からポカポカしてくるなぁ。

「近頃は冷えますからね。ニーナ様が、お風邪をひかないように気をつけないと……」

「……私がじゃなくて、キールが気をつけるんだね」

「はい！　僕はニーナ様の聖獣ですので」

キールはどこか得意げに言うと、私の肩にブランケットをかけた。そして調理へと戻って行く。

キールは過保護だなぁ、なんて思うけれど。

前の世界と違って医療が発達していないこの世界で倒れてしまったら、どうしようもないもんね。健康であることが一番だ。私のおにぎりは、自分自身には効きが悪いみたいだし。

お茶をすすりながら男子二人の様子を眺めていると、食事の準備をしながら時々口げんかをしている。と言ってもキールが、一方的にランフォスさんに噛みつく……というかじゃれついているだけなんだけど。

そうしながらも野菜はどんどん刻まれ、大きな海老が綺麗に剥かれていく。二人とも器用だ。

……私は市販のルウ以外でカレーを作ったことがないんだけれど、粉からってどうやって作るんだろう。

「キール、カレーってどういうふうに作るの？」

「材料をよく炒めた後に材料を煮まして、煮えるまでの間にバターと小麦粉を液体状になるまで炒めます。そしてカレー粉を加えてよく混ぜて、滑らかに混ざったら煮汁を加えながらペースト状にしていくんです。出来上がったペーストを煮込んでいる野菜と合わせて、さらに煮込めば完成です」

私の質問に、キールはとても丁寧に答えてくれる。

「なるほど……」

説明を聞いて、なんとなくは理解できた。

……本当になんとなくだけど。

小麦粉とカレー粉でルウを作って、煮た野菜に混ぜる……という感じなんだろうな。なかなか手間がかかるものを、気軽に頼んでしまった気がする。

キールは野菜とお肉を鍋に仕込むと、フライパンにバターを溶かし小麦粉をさらに加えた。そして辛抱強く炒めていく。それは熱した平たい石をコンロのようにして、時折魔法で熱さを調整しながらの調理である。直火よりもこの方が調整が利くそうだ。

この石を熱しての調理法ってなにか既視感を感じるなぁ。……お祖父ちゃんが石油ストーブの上で料理をしていたのとなんとなくイメージが被るのかも。魔法でかなり熱してるので、あれよりも温度は高いんだろうけど。私もお祖父ちゃんちの石油ストーブの上で、干し芋なんかをよく焼いてたな。

そんなことを考えている間に、二人の調理はどんどん進んでいく。

「よっと」

そのあたりの石を組んで器用にかまどを作って調理をしていたランフォスさんが、油に衣を絡めた海老を投入する。するとじゅわっという派手な音と、香ばしい香りが周囲に漂った。

「う、ぐ。美味しそう……」

キールが小麦粉にカレーを混ぜたため、その場にはカレーの匂いまで加わってしまう。

「うーわー。匂いの暴力だ！」

「もう少しだけ待ってくださいね、ニーナ様」

「ま、待つ……！」

ぎゅるると鳴るお腹を押さえながら、私は調理が終わるのを待ちわびた。

「できましたよ、ニーナ様！」

そんな声をかけられて、私は勢いよく顔を上げる。周囲はカレーと揚げ物の香りでいっぱいで、私のお腹はもう限界だった。

「ご、ご飯……！　嬉しい！」

「今盛りつけますから」

キールはそう言うとぱかりと炊飯器を開けて、お皿にご飯を山盛り盛る。そしてその上から、とろとろのカレーをかけた。じゃがいもや人参がごろりと入ったカレーが白いご飯に注がれる魅惑の光景に、私の目は釘づけになってしまう。

そして仕上げとばかりに、二十センチ以上はあろうかという海老フライが大胆に載せられた。

こんなの美味しいに決まっている……！

「ではどうぞ、ニーナ様」

手渡されたお皿を見て、私は瞳を輝かせた。

すごい、カレーライスだ……！　ゴロゴロのじゃがいもと人参、よく煮えた玉ねぎ。美味しそうな鳥肉……！　そして漂うスパイス満点の香り！　完全無欠のカレーライスだ！

そして海老フライも、本当に美味しそう……！

「衣に味はつけてるけど、足りなかったら塩胡椒を足してね」

「ありがとうございます、ランフォスさん！」

海老フライはカラリときつね色に揚がって、つやつやと輝いている。それを眺めていると、ついよだれが垂れそうになり、私は慌てて口元を拭った。

「ニーナ様、お酒は？」

「欲しい！」

私がそう答えると、キールはマジックバッグから蜂蜜酒の瓶を取り出した。

そういえば……ビールはこの世界にはないのかな。カレーにはビールというイメージなのだ。

前の世界では、ビールはかなり長い歴史を持っていた。古代エジプトでも飲まれていたというし、大航海時代には水の代わりにとたくさんのビール樽が積み込まれていたらしい。こちらの世界の文化レベルを考えると、存在してもおかしくないんだよな。街でそのことに思い至っていればなぁ。

「どうしたのですか、ニーナ様？」

「ううん、なんでもないよ！　ビール……えっと麦酒？　が飲みたいな、とちょっと思っただけ」

「ニーナ様は麦酒がお好きなのですか。……買っておけばよかったですね」

キールの耳がしゅんと下がる。いや、買い物の時に思いつかなかった私が悪いんだし！

……とにかく、この世界にはビールがあるんだな。

そんなに高くないものだったら、次の街で買ってもらおう。

「キール、私ね。蜂蜜酒もワインも好きだよ」

「本当ですか？　ニーナ様」

「うん、本当！」

「……良かったです」

安心したようにキールは微笑み、蜂蜜酒をコップに注ぐ。そして私の前にトンと置いた。

「じゃあ、いただきます！」

「はい、食べてください」

促され、スプーンでカレーを掬う。そして口に入れると……。

「ふぁっ！　カレーライスだぁ……」

それは間違いのない『おうちカレー』の味がした。香り高いスパイスが高級感を醸し出しているけれど、この具材のゴロゴロさはたしかに『おうちカレー』だ！

ほくほくのじゃがいもが美味しい！　人参も柔らかく煮えていて、噛むとじわりと甘さが滲む。キールが獲ってきてくれた、この鳥のお肉も歯ごたえがあって美味しいなぁ！　そしてなんといっても、スパイスたっぷりのカレーの味が日本米に合う！

「は〜最高！　すっごく美味しい！」

「ニーナ様にお喜びいただけて、嬉しいです！」

「キール、このお肉、美味しいね。どんな鳥のお肉なの？」

「それはコッコ鷲のお肉ですね」

……コッコ……鷲？　名前だけ聞くと、鶏みたいな鷲を想像してしまうけれど……。

「うわ、また物騒なものを……」

キールの答えを聞いて、ランフォスさんが驚いたような、そして少し呆れたような声を上げる。

『コッコ』なんて名前だけ聞くと、可愛いんだけどなぁ。

「そんなに物騒なもののお肉なんですか？」

「うん。子牛くらいの大きさの、大木に棲み着く獰猛な鳥なんだよ」

「子牛……」

そんな大きさの鳥、想像がつかない。あちらの世界で日常的に見る鳥は、雀と鳩とカラスくらいだし。

いつもながら、危なげなものを狩ってきたんだなぁ。

……キールに危険なことはして欲しくないな、と思うのだけど。

キールがどれくらいの『強さ』を持っていて、どのあたりからが『無茶』なのかが私にはわからない。

このあたりの把握は、どうやってすればいいんだろう……。

「いいじゃないですか、大きい方が食いでがあるんですから。ランフォスが増えましたし、うちはお肉の消費量が多いんですよ。次の街までの二週間の旅程で、どれだけの量が消費されると思ってるんですか。タダで得られるものは、しっかりと得てから旅をしないと」

キールはランフォスさんにそっけなく言うと、カレーライスを口にする。そして大きく目を瞠った。

「……美味しいですね。なるほど、ニーナ様のお米とだとこの食べ方が合うのか……」

やっぱりこの世界のお米だと『カレーライス』には不向きだったのかな。

もったいないな……こんなに美味しいのに。

「うん、美味しいね。これだと何杯でも食べられそうだ」

ランフォスさんもにこにことしながら舌鼓を打ち、仕上げとばかりにクイッと蜂蜜酒を口にした。

……私も続きを食べよう。まだ大本命の海老フライに口をつけていないし！

海老フライをスプーンの先を使って食べやすいように切ると、さくりといい音がする。まずは海老フライだけで一口……。

「……っ！」

さくっというい歯ごたえの後に、ふわりとした香ばしさが口中を満たした。そしてぷりぷりとした、海老の食感が伝わる。

「お、美味しい！」

ピザに載った状態でも美味しかったけれど、こちらは海老自体の味がより深く味わえる気がする！　適度な塩胡椒の味つけもたまらない。カレーと絡めてご飯と一緒に頬張っても、海老の味の主張がしっかりあって美味しいなぁ。

すごい。異世界で、日本のおうちカレーと美味しい海老フライが味わえるなんて……！

キールとランフォスさん様々である。

そんなことを上機嫌に思いながら蜂蜜酒をくいっと煽る。

……美味しい。この蜂蜜酒は少し辛口なのだけれど、その加減がカレーとよく合う。

私も二代前の聖女様みたいに、前の世界の食事をこの世界で再現したりできないかな。それを考えると心が躍る。

たぶん現状で再現が可能なのは……お寿司だよね。お米があるし。

探せばきっと、生食に適した魚もいるはず。寿司酢に似たお酢もあるといいなぁ。

「ふふふ、楽しみだなぁ……」

「なにがですか？　ニーナ様」

海老フライを食べていたキールが、私のつぶやきを聞いてきょとんと首を傾げる。

「二代前の聖女様みたいに、元の世界で食べてたものをこっちで作るのも楽しそうだなぁって思ったの」

「おにぎりやカレーライスみたいに、あちら独自のものをってこと？」

ランフォスさんが、興味深げに訊ねてくる。

「そういうことです！」

「いいね、楽しそう。あっちにはどんな料理があるの？」

「えっとですね……！」

私はあちらの料理のことを、キールとランフォスさんに懸命に話した。

肉まん、餃子、お好み焼き、うどん……。

私の料理経験が少ないから、二代前の聖女様みたいに『天ぷら』みたいなものがなかなか出ないのがちょっと悲しい。

二人と知識を擦り合わせ、こちらに似たものがない料理を探っていく。

お米の特性の差なのだろう。『寿司』や『丼』という文化は、やっぱりこちらにはないようだった。

「隣国に着いたら、あっちの世界のメニューばかりの食事処を開くのも楽しいかもなぁ」

「お米を使うと正体を怪しまれてしまいますよ、ニーナ様」

……それもそうか。キールに釘を刺されて、少しだけ意気消沈してしまう。

「いいことを思いついたと思ったんだけどなぁ。……お米を使わない料理なら、いけるかな？」

「……それならいけそうですね。微妙に神気はこもるでしょうけど、お米の料理ほどでは恐らくないので」

キールは眉間に小さく皺を寄せつつも、次の提案には反対しなかった。

じゃあお好み焼き屋とか、たこ焼き屋とかな。聖女のたこ焼き屋……なんてちょっとシュールだ。

……『将来』の話は、この世界での希望を胸に抱かせてくれる。

それと同時に前の世界を置き去るようで、大きな寂しさや罪悪感を胸に生むけれど……。

キールが、側にいてくれるから。

寂しさや罪悪感に押し潰されずに、私はきっとこの世界でも頑張れる。

「開店の際には、僕がたくさん働きますからね！」

にっこりと笑って、キールが嬉しいことを言ってくれる。

「ありがとう、キール。私もたくさん頑張るからね」

「では二人で頑張りましょう、ニーナ様！」

顔を合わせて、二人で笑い合う。

きっと今の私たちは……同じような将来を思い描いているのだろう。

それを実現させるために、頑張らないとな！

cooking 仁菜'sクッキングメモ memo

コッコ鷲。気性が荒く大きな体躯を持つ、雑食性の鳥。可愛らしい名前の由来は『コッコッ』という甘えるような鳴き声から。その鳴き声に釣られて側に行った動物は、容赦なく襲われる。

番外編《べつばら》3
その後の兄妹の話（リンカ視点）

ニーナさんたちが旅立って、三週間ほど経った日。

わたくしは驚くメイドを尻目に、自分の足で立って朝食の席へと向かった。自分自身の意思で体が動く感覚は本当に素晴らしいわね。

本当に……ニーナさんのおかげだわ。

わたくしとすれ違う使用人たちはざわめく声を上げ、それは屋敷中に波及していく。

「お兄様にはまだ言わないで。驚かせたいの！」

慌ててお兄様を呼びに行こうとするフットマンを引き止めて、しーっと口元に指を当ててみせる。するとフットマンは緊張した様子で何度も頷いた。

大きな鼓動を刻む胸を押さえながら、食堂に向かう。そして――。

「お兄様！」

「どうしたんだ、リンカ。大きな声ではしたな……」

二本の足で立っているわたくしの姿を見たお兄様の瞳が丸くなる。何度も目を擦ってはこちらの姿を確認した後に、お兄様は生まれたての子鹿のように足を震わせながらわたくしの方へとやって来た。

「リンカ……歩いているのか？　本当に……？」

「ふふ。今日突然、足が動くようになったの。きっと聖女様の奇跡の一端を受けたのね」

前から考えていた繕う言葉を言ってにこりと笑ってみせる。『聖女様』の降臨に皆が浮かれている今なら、ごまかせるでしょう。

……実際の立役者であるニーナさんの功績が他人のものになってしまうのは、なんとも歯がゆいところではあるけれど。本当に、歯がゆいところだけれど！

これくらいしかごまかせる方法がないし、ニーナさんご本人が隠したがっているのだものね……。仕方がないわ。

「おお……聖女様の！」

お兄様は瞳を輝かせながら、わたくしの手を取った。わたくしも、お兄様の手を握り返してじっと見つめる。いやね、お兄様ったら瞳が潤んできているわ。

「お兄様、泣きそうね」

「リンカ、お前だって……。泣いているじゃないか」

お兄様に言われて、わたくしは自分の頬が濡れていることに気づいた。

ダメね、お兄様が泣くまでは泣くまいって思っていたのに。

「リンカ……！　良かった……！」

お兄様がわたくしを強く抱きしめる。その温かさに、涙腺がさらに緩んでしまう。

「お兄様……！」

お兄様の胸に顔を埋め、わたくしは嗚咽《おえつ》を上げた。お兄様からはさらに大きな嗚咽が響き、わたくしたちは抱き合ったまま二人で子供みたいに泣きじゃくった。

これで……お兄様に迷惑をかけずに済む。


それが、嬉しくて仕方がない。

お兄様に苦労をかけた分、これからはご恩を返したいわ。

わたくしにできることなんて、少ないだろうけれど……。

お兄様はなにかに気づいたようにハッとして、わたくしから身を離す。

「リンカの足が治ったのが聖女様のおかげなら、お会いした時に寄進をしないと……」

そしてまた、ろくでもないことを口にしはじめた。

「お兄様‼」

わたくしは目をつり上げて、お兄様の頬を引っ張った。

先日『女神教』に巻き上げられそうになったくせに、今度は聖女様のおかげなのかの確証もないのに寄進をしようとするなんて。本当に、お兄様は懲りないわね。

「なっ！　どうして頬を引っ張るんだ！」

「聖女様のような清らかな女性は、きっと見返りなんて求めていないわよ。寄進なんて申し出る方が、失礼ですわ」

「そ、それもそうか……？」

お兄様は首を傾げながら頬をかいている。この丸め込まれやすさは本当にどうかと思うのだけれど。

これでも仕事はかなりできるというのだから……我が兄ながらよくわからないわよね。そのことをお聞きしたのがランフォス様でなければ、疑いの目で見ていただろう。

……この妹のことになると騙されやすい兄の監視が、お嫁に行くまでのわたくしのお仕事かもしれないわね。

これまでとあまり代わり映えしないお仕事だわ。だけど……。

わたくしは、今は足が動くのだから。ふらりと危ない方向へ行こうとする兄を、どこまでも追いかけて連れ戻せるわね。

「本当に、ダメなお兄様」

泣き笑いになる顔でそう言うと、同じく泣き笑いのお兄様に大きな手で頭を撫でられる。

「……リンカは、いい妹だ」

「知ってますわよ」

顔を見合わせ、二人でくすくすと笑う。

「何年も行けなかった、ピクニックに行こうか」

「あら、いいですわね。自分の足でお買い物にも行きたいわ。昔お兄様が連れて行ってくれたお店は、まだあるのかしら？」

「たしかあったと思うぞ。今度一緒に行こう」

「足が動くようになったから、ダンスレッスンも再開しないと。お兄様、付き合ってくださるのでしょう？」

「ああ、いくらでも付き合おう」

会話を交わすわたくしたちを、使用人たちが微笑ましげに、時には涙ぐみながら見つめている。父の代からいる者も多い彼らにも、心配をかけてしまったわよね。

「それとやっぱり……お婿さん探しよね。いえ、その前にお兄様がわたくしべったりでさぼっていた、お嫁さん探しかしら？」

「それは、もう少し後でもいいいんじゃないか？」

お兄様は冷や汗をかいているけれど、もう三十を超えてるんだから早くお嫁さんは見つけて欲しいわ。

「いやね、急務よ。才女のわたくしのもらい手はいくらでもいるでしょうけれど、ぼんやりなお兄様のところに嫁いでくれるしっかりしたお嬢様は、探すのが難しいと思うの」

「才女……ぼんやり……」

「なぁに？　不服でもあるの、お兄様」

「いや、別にないぞ！」

お兄様を軽く睨むと、焦ったご様子での返事が返ってくる。

そんなお兄様を見て、わたくしは思わず吹き出してしまった。

ニーナさんありがとう。わたくしたち……幸せだわ。

本書に対するご意見、ご感想をお寄せください。

あて先

〒162-8540 東京都新宿区東五軒町3-28
双葉社　Mノベルスf編集部
「夕日先生」係／「くろでこ先生」係
もしくは monster@futabasha.co.jp まで

小説とはひと味違う
ドキドキがいっぱい!
毎日無料
マンガアプリ
マンガがうがうを
チェック!
がうう
最速!
モンスター
コミックス
が読める!

seijyo jyanaito
tsuiho
saretanode
聖女じゃないと追放されたので、
もふもふ従者（聖獣）と
mohumohu
jyusya
(seijyu) to
ONIGIRI wo nigiru
おにぎりを握る
漫画　：東端《はるはし》
原作　：夕日
キャラクター原案：くろでこ
コミカライズ、
大好評連載中！

Mノベルス

前世聖女は手を抜きたい
よきよき
YOKI YOKI
Zense Seijyo ha Te wo Nukitai
彩戸ゆめ
Ayato Yume
ill. すがはら竜
Sugahara Ryu
前世で聖女だった事を思いだしたレナリア。かつて、聖女が使える聖魔法は、自らの命を削るものだった。婚約者だった第二王子に横恋慕した令嬢を救うために、前世のレナリアは聖魔法を使い果たして死んでしまう。幸い、今世では命を削らなくても魔法が使えるように。そして、レナリアの守護精霊は人気のないエアリアル。でも……。あれ？ もしかして前世の魔法も使える？ もしも聖女だと分かったら王族と結婚!? もう王族と関わるのは嫌です！ 目標は、目立たずまったり学園生活を送る事。全てに手を抜いて目立たないように過ごそうとするレナリアだが、うっかり目立ってしまう事が多くて……。そんなレナリアの、手を抜きたい日々のお話。

発行・株式会社　双葉社

転生先で捨てられたので、
もふもふ達とお料理します
～お飾り王妃はマイペースに最強です～
桜井悠
illust.凪かすみ

Mfノベルス

聖女《せいじょ》じゃないと追放《ついほう》されたので、もふもふ従者《じゅうしゃ》(聖獣《せいじゅう》)とおにぎりを握《にぎ》る②

2021年3月17日　第1刷発行

著　者　夕日《ゆうひ》

発行者　島野浩二

発行所　株式会社双葉社

〒162-8540　東京都新宿区東五軒町3番28号

［電話］03-5261-4818（営業）　03-5261-4851（編集）

http://www.futabasha.co.jp/（双葉社の書籍・コミック・ムックが買えます）

印刷・製本所　三晃印刷株式会社

［電話］03-5261-4822（製作部）

ISBN 978-4-575-24375-8 C0093　